Marilia Pacheco Fiorillo

KALASH MEU AMOR

A ARMA INFAME E OUTRAS DELICADEZAS

GRYPHUS

Rio de Janeiro

Revisão
Ligia Lopes Pereira Pinto

Diagramação
Rejane Megale

Capa
Carmen Torras – www.gabinetedeartes.com.br

Adequado ao novo acordo ortográfico da língua portuguesa

CIP-BRASIL. CATALOGAÇÃO-NA-FONTE
SINDICATO NACIONAL DOS EDITORES DE LIVROS, RJ

F552k

Fiorillo, Marilia Pacheco
Kalash meu amor : a arma infame e outras delicadezas / Marilia Pacheco Fiorillo. - 1. ed. - Rio de Janeiro : Gryphus, 2023.
124 p. ; 21 cm.

ISBN 978-65-86061-57-4

1. Democracia - Ensaios. 2. Violência - Ensaios. 3. Ensaios brasileiros. I. Título.

23-83277

CDD: 869.4
CDU: 82-4(81)

GRYPHUS EDITORA
Rua Major Rubens Vaz 456 — Gávea — 22470-070
Rio de Janeiro — RJ — Tel.: +5521 2533-2508
www.gryphus.com.br — e-mail: gryphus@gryphus.com.br

KALASH MEU AMOR

A ARMA INFAME
E OUTRAS DELICADEZAS

A André Corten, mestre e amigo de rara generosidade. Em memória.

AGRADECIMENTOS

A Gisela Pinto Zincone, editora ímpar, pela cultura e finesse, embaixatriz vitalícia das letras.

A Ligia Lopes, pela revisão dedicada.

A Ricardo Musse, editor do site *A Terra é Redonda*, e Jurandir Renovato, editor da *Revista da USP*, que gentilmente publicaram vários ensaios contidos no livro.

Aos pacientes amigos cuja leitura refinada e interessada animou este livro. Denise, cujas discordâncias são sempre um desafio, Fernando e Isabel.

A Ricardo, Rafael e Carol.

INSUBORDINAÇÃO (À GUISA DE PREFÁCIO)

É mandatório, ritual tribal de afagos mútuos, que um livro comece com prefácio e termine em outras paragens, com laudatórias "Considerações sobre...". Ou, se der azar, com inconsiderada paulada. Ou, pior ainda, com a incineração do silêncio.

A autora, que é amiga dos adjetivos, dos dois pontos (:), do ponto e vírgula (;), dos travessões (–) e gerúndios, das digressões, em suma, que revolveriam no túmulo o caçador Hemingway, e se declara inimiga daquela sublime mania da crítica de artes de chamar as bandeirinhas de Volpi de imanentes retângulos seccionados, avisa assim os possíveis leitores que não busquem o virtuosismo, mas o paradoxo.

A primeira metade do livro é ficção, mas falsa, pois os episódios relatados na Somália e Serra Leoa são extraídos de fatos constatados. São três jogos de historinhas correlatas e equidistantes, que, como as paralelas de Euclides, nunca se encontram. Mas coabitam irônica e serenamente.

Nas paralelas de cima, há o universo excruciante de ignorância e sofrimento vivido por muitos. Nas de baixo, o arremedo desse mesmo universo, plasmado pela *forma mentis* dos gentis homens e mulheres que estão na boa, mentalidade mesquinha, filistina, estulta, dissimulada e sumamente bocó em seu plágio torto do conhecimento da dor.

Deusmelivre de invocar o *lugar de fala*. O efeito imediato do discurso generista, tão em moda, tem sido pulverizar e desviar a atenção da questão urgente dos direitos humanos (comer, ter um teto e emprego, mínimas garantias jurídicas, poder viver). Trata-se do *lugar do pensamento*, naquela boa e velha definição de "ideologia" do marxista barbudo, i.e., introjetar enganosamente como seus aqueles problemas e benesses que são dos outros, os grandes espertos.

Mas, novamente, *deusmelivre* de arroubos denuncistas. O que se quer é apenas expor um triste e infausto ridículo.

Fazer rir, talvez. Espantar, tomara.

O fio condutor das ficções é a AK-47, o fuzil mais popular do mundo, que drone nenhum vai superar, pois a Kalashnikov é, acima de tudo, sinônimo de democratização da morte – sob medida para esse perverso mundo novo e veloz.

Na primeira paralela, contrastamos a alegria de crianças somalis com o desespero ecologista de uma menina de classe média.

Na segunda paralela, reproduzimos o modo brutal com que os somalis tradicionalmente lidam com a loucura *versus* a frivolidade – e maior crueldade – de certas correntes psi(canalíticas) para as quais o sofrimento do paciente não interessa o mínimo.

Na terceira e última, saga e sonhos de uma menina-soldado africana são contrapostos ao desejo de um menino mimado, ambos presenteados com uma Kalash.

E para terminar, nem o diabo aguenta tanto paradoxo.

***

A segunda parte do livro se compõe de ensaios, sobre a ascensão da Ralécracia, sobre o ocaso das idéias e a dificuldade de se admitir que às vezes não se sabe nada mesmo. Hora de se insubordinar contra as vetustas fórmulas, e apelar para o mais maltratado dos conceitos, a imaginação.

SUMÁRIO

INTRODUÇÃO

Kalashnikov, a vírgula letal 13

SEÇÃO I:
MUNDOS PARALELOS NÃO COLIDEM

1. Gincana e Luto 25
   Gincana 25
   Luto 27
2. Gozando com as hienas 29
   Terapia de ricaços 29
   Theraphie, Sinthoma e Dhor 32
3. Eiahh! 35
   A menina que sobrevoou os céus 35
   O menino que ficou de cócoras 41
4. Pobre Diabo 45
5. Hermengarda, a baratinada 59

SEÇÃO II:
DA *RALÉCRACIA* AO PONTO MORTO DA TEORIA

1. Da crueldade 65
2. A Era da Ralécracia 73
3. Adeus às causas 81
4. A negação da morte 87
5. Religião e terror 95
6. A insubmissão do real 113

Epílogo 121

INTRODUÇÃO: KALASHNIKOV, A VÍRGULA LETAL

Nesses tempos de democratização da morte, a acessível e resiliente Kalashnikov já fez mais vítimas que as bombas atômicas.

Epígrafe: Trecho de canção Kalašnjikov, do álbum Underground, *2000, do cantor pop sérvio-bósnio Goran Bregović.*

"Bang, bang, Senhor Deus, ninguém conta os tiros, meu!
Bang, bang, vamos nessa
Ninguém maneira a porrada, meu!

Vai fundo, vamos zoar, é agora mesmo
Não encana, é limpeza, vamos desenterrar um ao outro
Mete bronca, já que ninguém por aqui
Encara, cara, uma Kalash novinha em folha"

Ela lhe é familiar, muito mais do que supõe. Como imagem, sua convivência com ela é praticamente diária. Onipresente no noticiário internacional – TVs, sites, fotos em jornais. Você a vê e revê repetidas vezes, sem sequer notá-la, pois ela é apenas um *adorno* da notícia. Inconfundível, porém: aquele carregador curvilíneo, que a distingue da maioria dos fuzis de assalto. A vírgula letal.

A AK-47, com a qual você se defronta, virtualmente, com a mesma frequência com que assiste a partidas de futebol, é mais conhecida como Kalash. O apelido carinhoso pegou tanto que o jornal Le Monde noticiou, há um tempo, que em Marseille a rapaziada usa *T-shirts* impressas com ela (logo substituirá a imagem de Che), e o verbo "kalasher" é sinônimo de estar enturmado em alguma gangue adolescente prestigiosa. Em Moscou, no maior parquinho de diversões para crianças, Kalashs de plástico disputam com ursinhos de pelúcia e Mickeys Mouses a honra de brinde para o vencedor do jogo. Menos divulgado, e mais sintomático, é o fato de vários meninos na África serem batizados com este prenome.

Sim, ela é pop. Sim, é a máquina de matar mais eficaz na história da humanidade. Uma arma que, em seu 75º aniversário, extermina cerca de um quarto de milhão de pessoas por ano, em todos os cantos do globo. Mais letal que a soma das bombas atômicas. E recatada! Em sua precariedade tecnológica, barata e onipresente, ela, e não mísseis intercontinentais, é a verdadeira arma de destruição em massa. A vitória da modéstia sobre o engenho.

Inventada em 1945 por um engenheiro militar, o tenente Mikhail Kalashnikov (morto em arrependimento, se diz, em dezembro de 2013), para salvar a mãe Rússia das hordas alemãs na Segunda Guerra Mundial, a AK-47 foi aperfeiçoada em 1947 e adotada pelo Exército Soviético em 1948. Quando a "Avtomat Kalashnikov" foi concebida, era para servir a um novo tipo de guerra, que dizimava de outro modo, diferente do corpo a corpo das baionetas e trincheiras da Primeira Guerra Mundial. Mikhail Kalashnikov, se diz, queria criar um fuzil que combinasse a leveza do Sturmgewehr alemão, rápido e automático, mas que fosse mais barato de fabricar, e muito mais fácil de manejar.

A Kalash nasceu democrática e *communard*: uma arma do povo para o povo, eficaz em quaisquer mãos, e com alto grau de sobrevida: resistia incólume em ambientes gelados (URSS), úmidos (como o Vietnã), desérticos (como várias regiões africanas e a Ásia Central), indiferente à chuva, lama ou calor. Uma Kalash pode ser enterrada na areia por anos a fio, desencavada, e mal precisa de limpeza para começar a disparar. Idem em pântanos: ela sai da água como um anfíbio perfeito, tinindo para cumprir seu destino.

Há uma virtude proteica na Kalash, como o Proteu da mitologia, deus marinho, filho de Poseidon, que podia mudar de aspecto à sua vontade e dependendo das circunstâncias. Por isso ela é a Número Um. Sua inteligência adaptativa, incomparável resiliência, facilidade de manejo e longevidade dão-lhe olímpica superioridade, sem competidores à altura, mesmo sendo um apetrecho humilde, módico, despido de sofisticação.

Ser simples tem suas vantagens. Uma delas é a onipresença. Sabe-se que transações ilícitas e ilegais têm muito mais liquidez e volume no mercado. É por essas vias que supostos grupos rebeldes obtêm armas de fornecedores, digamos, discretos, e conseguem casar à perfeição oferta e demanda de morte. Nos anos 80, a CIA (United States Central Intelligence Agency), comprou um bocado de AKs fabricadas na China (alguns milhões de dólares) para equipar os mujahedin do Afeganistão, mujahedins esses liderados por Osama Bin Laden (então um aliado dos estadunidenses contra o perigo vermelho) em sua jihad contra a presença soviética no país.[1]

Já em 2006, eras antes do novo normal em que lobos solitários usam vans e facões contra anônimos nas ruas, um levantamento da Anistia Internacional e da Oxfam[2] concluía ser quase impossível apresentar estatísticas precisas sobre o montante do tráfico de Kalashs, porque o mercado clandestino não se mede tão facilmente (estima-se que, no mínimo, há 100 milhões de

1 Tradução do inglês pela autora.
Weaponomics: The Global Market for Assault Rifles, Phillip Killicoat, Department of Economics, Oxford University, 2007.

2 Amnesty International e Oxfam, *Control Arms Briefing Notes*, 2006.

Kalashs no mundo). E concordaram também que este comércio ilícito de AK-47, esta incomensurável capacidade de fabricá-las e distribuí-las, é irreversível e assim se manterá e se multiplicará, por mais que drones e congêneres queiram superá-la. A China, hoje (como em tudo, aliás, até bolsas Louis Vuitton para escondê-las) é a campeã de fabricação, sem patente, de Kalashs.

Variantes da Kalash original, sem *copyright*, são atualmente fabricadas ao menos em 14 países: Albânia, Bulgária, China, Alemanha, Egito, Hungria, Síria, Índia, Iraque, Coreia do Norte, Polônia, Romênia, Sérvia e na enfezada Rússia (que perdeu o controle da patente). A tecnologia para confeccionar uma Kalash é tão simplória que incentiva não só a cobiça dos vendedores como a criatividade dos fabricantes: versões customizadas estão sendo manufaturadas em Israel, África do Sul e Finlândia. Só muda o nome: o finlandês Sako M62, o israelense M76, e o sul-africano R4.[3] Mais do mesmo, e mais se espera.

A feição democrática da Kalash, que a torna disponível para qualquer um, só se impôs uma década após sua invenção. Em 1956 ela começou a delinear os contornos definitivos de sua personalidade futura, a de artefato sob medida para o vale-tudo da barbárie. Engatinhou sua nova persona quando Khrushchev despachou o Exército Vermelho para reprimir o levante pró-democracia em Budapeste, Hungria, em que 50 mil húngaros morreram. E tornou-se campeã nos anos da Guerra Fria, o maior presente da Rússia a seus afilhados ou apadrinhados. Só se falava, então e nervosamente, em guerra atômica, mas sempre se soube (nos bastidores; *verum corpus*) que o extermínio mútuo, se massivo, não interessava a ninguém. Daí a cosmética definição, "guerra dissuasiva". Na época em que o macarthismo imperava, vociferando malucamente sobre outro maluco apertando o botão da

3 *Weaponomics: The Global Market for Assault Rifles*, Phillip Killicoat, Department of Economics, Oxford University, 2007.

solução final (eufemismo nazista para o extermínio de judeus, ciganos, homossexuais, comunistas, testemunhas de Jeová, partisans e outros inimigos do Reich), a vida vicejava em seu indiferente pragmatismo, espalhando Kalashs pelo mundo, e provando a maior eficácia de *soluções locais*, i.e., o contínuo extermínio de alguns (muitos) por alguns outros.

Na *realpolitik*, cada uma das superpotências aumentou o fornecimento, sorrateiro e sem patente, de armas convencionais a seus amigos e aliados. No caso da URSS, socialismo de fachada *oblige*, liberou-se o *copyright* da AK para países como a China (hoje, a maior produtora de AKs) e a Alemanha Oriental. Justiça seja feita, os autointitulados comunistas foram solícitos. Esse foi o ponto de inflexão, a gestação de uma linhagem bastarda de Kalashs, a criação da nova persona que chegou às *T-shirts*: o fuzil de assalto AK (cerca de um quinto dos milhões de armas de fogo em todo o mundo pertencem à família Kalashnikov) era praticamente grátis. Quem não iria querer?

Se vasculharmos a história da Kalash, constataremos que ela tem uma segunda virtude: a ambivalência. Inicialmente, foi sinônimo da luta do mais fraco contra o mais forte, do pequeno contra o grande, do oprimido contra o opressor, de Davi contra Golias; isso quando estava na linha de frente dos colonizados contra os colonizadores (as lutas de independência, os primórdios da resistência palestina, o despejo dos europeus na África), para se transmutar, atualmente, em seu contrário. A Kalash de um Arafat aplaudido de pé na ONU virou a Kalash do mulá Omar no Talebã, do Daesh (ou ISIS, gangue sunita delinquente). De símbolo de libertação e busca de progresso tornou-se emblema inequívoco de crimes contra a humanidade, crimes de guerra, genocídio – sempre democraticamente compartilhada por psicopatas, fundamentalistas e tiranos de todos os naipes. A Kalash da terra prometida e usurpada, aquela de antigamente, converteu-se à de seitas da carnificina, da Síria à Chechênia, Uganda,

República Centro-Africana, Sudão, Somália, Iraque, uma lista dolorosamente interminável. Porém, é ainda a principal arma da resistência civil contra os invasores russos, na Ucrânia.

Décadas atrás, a AK-47 estava envolta no romantismo dos intrépidos combatentes da libertação terceiro-mundista e à resistência popular. Figura na bandeira de Moçambique, após a vitória contra os colonialistas portugueses. Surge em uma variação, em fundo amarelo, na bandeira das brigadas do Hamas (grupo considerado terrorista que, lembremos, foi escolhido pelos cidadãos da Faixa de Gaza em sufrágio democrático). E cabe lembrar que foi graças a ela, a Kalash, que se derrotou o mais poderoso e bem-equipado exército do mundo, o norte-americano, na Guerra do Vietnã.

Esse capítulo da guerra na Indochina ilustra bem a faceta aparentemente benigna e libertadora da AK, primeiro ato da epopeia de uma arma que degenerou para excitar tragédias locais e tribais, cujo desfecho está longe de ocorrer. Para se ter uma noção da superioridade da desengonçada Kalash, no Vietnã os rifles americanos M-16 travavam na umidade da selva, e as tropas estadunidenses foram orientadas a recolher as AKs dos cadáveres de vietcongues, aposentar seu requintado equipamento, e passar a usá-las. O Vietnã foi um marco histórico, político e geopolítico, tanto quanto foi um marco para a indústria de armas. Provou a superioridade da Kalash, pois durava mais, estragava menos e não precisava de reposição. Foi então que ela começou a virar lenda, gerando temor e respeito: todo o poderio dos Estados Unidos não conseguia idealizar uma arma mais eficaz que o ordinário fuzil de vírgula. O M-16 americano certamente tinha mais acurácia, mais precisão. A Kalash era, e é, imprecisa, desengonçada, mais insegura para seu portador, e exatamente por isso, exatamente por suas deficiências, absolutamente perfeita para o trabalho. Podia ser menos *high-tech*, mas o X da questão, na guerra, nunca foi precisão de *snipers*, e sim a capacidade de destruição randômica.

Que aquela guerra (e outras) provam que o poderio econômico e tecnológico não é a mãe da vitória, está patente na saga dos túneis Cu Chi. Os Cu Chi Tunnels – cavados com pá de plantar arroz, com três andares subterrâneos, e que, além de quartel general dos vietnamitas, eram providos de um hospital e instalações para as famílias, inclusive uma escola para as crianças – ficavam a poucos quilômetros da base militar americana em Saigon. Os invasores, que nunca souberam muito bem como localizá-los, pisavam no fio da navalha. A qualquer momento, um apetrechado batalhão americano podia se deparar com a aparição, de dentro da terra, de um pelotão brancaleônico e suas Kalashs. Elas nem precisavam mirar direito, só descarregar para todo lado, e pô-los a correr.

Outros tempos, aqueles. Hoje, a Kalash da Távola Redonda dos Oprimidos, empunhada por franzinos *Sirs* Galahads, tornou-se um Cavaleiro do Apocalipse. A Kalash agora recende a Taleban, ao Daesh, a Al Qaeda, Boko Haram, Al Shabaab e congêneres. Tem a cara de Charles Taylor e a carnificina Libéria-Serra Leoa. A mesma cara do psicopata ugandense Kony e sua autoimagem de Espírito Santo designado a reabilitar os 10 Mandamentos, ou a dos delinquentes do Daesh, que chegaram ao requinte de desenvolver uma teologia do estupro[4]. O psicopata ugandense Kony, comandante da Lord's Resistence Army, servia uma beberagem às crianças sequestradas para convertê-las em combatentes, um alucinógeno que lhes fazia sentir-se invulneráveis, prontos para entrarem na linha de frente de assalto, alvos-escudos. Campeão invicto de um universo pontilhado de monstros e algozes, há décadas indiciado por crimes contra a humanidade pela International Criminal Court (ICC), Joseph Kony, entre 1986 e 2008, raptou 66 mil crianças para servirem como combatentes mirins ou escravos sexuais, e causou o exílio de 2 milhões de pessoas. O batismo dos soldados mirins era assassinar um dos pais e ganhar sua própria Kalash.

---

4 http://www.ohchr.org/en/newsevents/pages/rapeweaponwar.aspx

As AKs botam no chinelo armas nucleares. Pela simples razão de que não são uma conjectura (aterradora), mas uma realidade corriqueira. O século XXI, apesar da recente invasão da Ucrânia e das bravatas de Putin, não vai implodir no cogumelo atômico. Será a continuação da crônica apregoada desde o XX: a proliferação *ad infinitum* de guerras locais, étnicas, religiosas, sectárias, tribais, de confrontos higienicamente encapsulados, de *proxy wars*, de embates de "nacionalismos de edícula" - solo propício para se desovar o refugo de armas velhas e continuar a lucrar com novas. Mais Kalash à vista.

Nos confrontos do século XXI, como do XX, o simples e acessível ganhará do caro e complicado. A arma ideal continua a ser a mais simplória. Kalash, o mais democrático modo de matar. A quem interessa uma guerra nuclear de grandes proporções? Cliente morto não paga. E a reposição da clientela é crucial para amamentar a história, pois, como dizia o filósofo Hegel, "a guerra é a parteira da história". A Kalash possui certificado de garantia para a escatologia hegeliana: sempre haverá clientes e o balanço contábil estará sempre no positivo.

Pode ser comprada em qualquer bazar no Paquistão, Somália, Congo e fartamente pela Web. Seu preço é exequível, mas varia. Essa flutuação é o melhor indicador de que o genocídio vai começar. Em tempos de calmaria, a AK é uma pechincha: 10 ou 15 dólares, ou pode ser trocada por um saco de milho. Quando a matança ganha fôlego, a lei da oferta e da procura prospera, e ela se torna mais cara, mas ainda a mais barata do mundo. Lucros perpétuos só podem provir de guerras perpétuas - portanto, das guerras convencionais, que repõem uma clientela residual cativa. Quanto mais as guerras se reproduzirem em conflagrações pontuais, reprisando a devastação, tanto mais estará serenamente assegurado o ininterrupto lucro para os senhores das armas, governos, indústria e terceirizados que coabitam em promíscua emulação.

Um singelo exemplo desta simbiose feliz de interesses públicos e privados pode ser entrevisto na guerra do Iraque, na qual o então vice-presidente Dick Cheney (2001-2009), mal egresso de seu posto como CEO da Halliburton (1995-2000), contemplou a própria Halliburton (sem licitação, e da qual nem estava divorciado, pois manteve suas ações e dividendos), com o monopólio, sem licitação, de todos os contratos de reconstrução no Iraque. A Halliburton embolsou bilhões, e saiu do Iraque sem terminar uma única ponte de uma margem à outra do rio.

Mas abandonemos as esferas escarpadas dos intocáveis, aterrissando na cidadania da guerra como ela é. Caótica e imprevisível (Putin não conquistaria a Ucrânia em "questão de dias"?), a guerra pode ser vencida pela milícia mais indisciplinada, desde que munida da fiel e fácil Kalash. Não interessa se o atirador tem ou não expertise. Nas guerras presentes e próximas, o segredo é que o *combatente é tão dispensável quanto o alvo inimigo*.

Na guerra de agora, que continua a ser (como no Vietnã), de homens contra homens, não de reatores nucleares contra a humanidade, a Kalash é uma vantagem competitiva. Cada tiro dela é menos preciso que de outros fuzis. Mas vale a quantidade, não a qualidade. Vale a Kalash giratória abatendo mais gente, e demandando mais Kalashs para abater os abatedores. O círculo virtuoso. Cliente morto, cliente posto.

Mais que democrática, a Kalash chega a ser igualitária. Não privilegia ideologias, facções, países, o matador A ou B. Kalash, modo de usar, habilita todos. Na gincana da matança, ela promove, paradoxalmente, a igualdade na morte: do pacato comerciante da Bielorrússia ao militar bielorrusso. Da dona de casa de Kiev ao soldado moscovita. Ao equivaler civis e militares, criminosos e terroristas, insurgentes e cidadãos que precisam se defender, ela iguala quem mata e quem morre, sussurrando que todos são igualmente dispensáveis.

A Kalash só não é igualitária na Park Avenue e endereços afins. De tão popular, ficou *pop* e *cult*. Um jantar politicamente correto da Park Avenue, com democratas ou republicanos, só se converterá em *the talk of the town* se for regado a **vodka da marca Kalash** (mais cara que a Stolichnaya Premium), e se as mesas de canto do anfitrião forem decoradas por **luminárias Kalash do renomado designer Philippe Starck** (a base, estilizada, imita a arma), uma peça que poucos podem se dar ao luxo de comprar. E se a anfitriã tirar do porta-joias, para inveja das convidadas, um modelo exclusivo, brincos (pendentes de platina e nióbio) desenhados em formato de Kalash. Eles existem, sim, e podem ser encontrados em seletas ONGs humanitárias. Mas o preço não é para qualquer um.

SEÇÃO I:
MUNDOS PARALELOS NÃO COLIDEM

1. GINCANA E LUTO

GINCANA

15 de setembro de qualquer ano
Era Comum, Mogadíscio, Somália.

Pois assim como para os infiéis é melhor ensinar a pescar que servir o peixe e deus dá o frio conforme o pecador, e nem tudo é para quem quer, mas para quem faz por merecer, Al Koran é o canto universal, o único capaz de extirpar a decadência dos costumes, a pornografia, a injustiça, a desigualdade, para qualquer dor há o remédio, e ele é Al Koran, Al Koran, para fazer do fraco o herói e mártir, Al Koran, Al Koran, para acabar com a iniquidade sobre a Terra, Al Koran, Al Koran, para que as palavras do Profeta ecoem como a espada, Al Koran, Al Koran, para que cada um e todos versículos e suras se transmutem de palavras que não são em ações mundanas, pois Allah e Al Koran são um e o mesmo, e seria apostasia separar Al Koran de seu Criador, já que os suras, mesmo se escritos em uma pétala de rosa não são uma abominação da natureza, como zombou o argentino infiel (um certo bibliotecário Borges) na presunção de reescrever Averróis, mas o puro e mesmo, um em um Al Koran, não sendo as palavras dejetos de Allah, mas Allah em si mesmo – faltou dizer que é de pequeno, na madrassa, que se forja a mão esquerda para labutar e a direita para combater.

Ontem, a rádio Somali, operada pelo grupo Al Shabab, aliado da decadente Al Qaeda, mas, ao contrário dela, Al Shabab, "A Juventude" em pleno vigor, promoveu uma igualitária e exitosa gincana para jovens.

O concurso, impoluto por qualquer critério, foi uma iniciativa a se imitar no meritocrático Ocidente, um primor de transparência e ética, tudo às claras, sem favoritismos: a única exigência para o candidato era ter entre 10 e 15 anos.

Os concorrentes declinavam nome e sobrenome, se expondo às claras, e os ouvintes podiam acompanhar vigilantemente. As questões, como sói ser em competições escolares, eram as típicas de toda gincana: perguntas sobre heróis nacionais, datas magnas do país, grandes feitos, acidentes geográficos e literatura – neste quesito, em particular, vencia a melhor recitação de versos de(o) Al Koran.

Mesmo os infiéis diriam que foi concorrência leal e sob o signo da meritocracia, sem favoritismo e privilégios patronímicos, lamentavelmente cada vez mais comuns no chamado Ocidente. A participação na gincana, expressiva, foi gravada ao vivo. Eram notórios os sábios que compunham a comissão julgadora.

Depois de dias de debate na comissão julgadora somali, saiu o resultado. Prontamente. Sem delongas ou beija-mãos.

A entrega dos prêmios foi numa cidadezinha ao lado da capital Mogadíscio, numa cerimônia solene embora despida de guardanapos e canapés, lotada de fileiras de semifinalistas e presidida por um clérigo famoso pela moderação.

Os vencedores quase arruinaram a sobriedade do protocolo, de tão efusivos que foram.

Os prêmios foram os seguintes:

O primeiro e o segundo colocados, de 11 e 14 anos, ganharam, cada um, uma AK-47 novinha em folha, tinindo da fábrica. Kalashs de primeira. O terceiro, menorzinho, ficou apenas com duas granadas de mão. Mas também fácil de aprender a manejar. Há brinquedo melhor?

LUTO

15 de setembro do mesmo ano
D.C, São Paulo, Brasil.

Minha sobrinha de 13 anos estava em prantos ontem. Achei que tinha brigado com o namoradinho, ou tinham roubado sua mochila, ou que tinha rolado um *bullying* no Instagram; a escola dela é caríssima, mas hoje se vê de tudo. Pior: será que tinha sido assaltada? É de assustar o que pode acontecer com nossas crianças, este país está um caos, um assalto, uma politicagem, ninguém aguenta mais tanta insegurança.

Mas não era nada disso. Era uma coisa de cortar o coração.

Ela soluçava alto, no começo não conseguia nem falar, só se sacudia inteira, balançando os brincos feito uma louca e batendo os pulsos na mesa, mas batia tão forte que ia quebrar as pulseiras que eu tinha dado para ela no último aniversário, eram genuínas, com certificado e tudo, *ai*, um desespero que dava dó, mas dava dó mesmo. Quando ela se acalmou um pouco e conseguiu contar a história eu entendi o porquê. Ela havia recebido a notícia de que Flora estava morta. Por Whatsapp, assim, a seco.

Flora é a bebê elefante da Somália que minha sobrinha adotou em uma ONG no ano passado, tão bonitinha, quero dizer, minha sobrinha é tão bonitinha, não que a Flora não seja, apesar das orelhas de abano, mas é tão lindo ela abraçar estas causas humanitárias sendo tão jovenzinha, ela sempre foi especial, uma menina diferenciada. Há um mês, tinha me mostrado a foto da Flora, uma gracinha, gordinha, mas elefante é gordo sempre, não é? Um docinho, a Flora, era protegida por um tal Wildlife Help, um desses programas humanitários, sabe? Que os jovens adoram, coisas da idade, não que eu não goste, também acho demais, é tão simples e fácil, tão humano, eles cobram uma taxa mensal para você adotar um bichinho, acho que pode ter golfinhos, será que pode? Eu preferia golfinhos, mas sou a favor de todos esses lances humanitários para preservar a natureza.

A coitadinha da menina tinha acabado de receber um *whats* do Wildlife comunicando que os corpos de Flora e de toda sua família, meu Deus, eram onze bichinhos, uma gracinha, uma belezura, todos tinham sido encontrados numa vala, mortos, domingo passado, no Parque Nacional Tsavo.

Os elefantinhos, inclusive um bebê elefante, menor que a Flora, meu Deus do Céu, imagine, tiveram suas presas arrancadas pelos caçadores – caçadores? Esses assassinos desalmados não passam de uns animais. No *whats* dizia assim: que haviam sido abatidos com fuzis AK-47, e jogados na beira do rio. Devem cheirar mal os rios de lá, né?

Até eu, que não estou metida nesse negócio de ONGs, fiquei com o coração partido. Quase comecei a chorar também. Lembrei da tromba e das orelhinhas de abano da Flora, feinha, mas uma criatura inocente, que mal ela tinha feito para merecer essa maldade?

Mas me segurei e acalmei, porque a gente sabe que o que importa é cuidar da família, não é? O resto é o resto. Disse: "menina, vai tomar uma ducha, põe uma roupa nova, toma uma água com açúcar. Você tem de se conformar, o que passou, passou, e se continuar esmurrando a mesa desse jeito acaba perdendo um brinco ou quebrando a pulseira de marfim", marfim legítimo, com certificado e tudo, ai que desastre, isso sim, as amiguinhas dela morrem de inveja, ninguém na escola tem nada de marfim verdadeiro, e isso não vai trazer a Flora de volta. Minha sobrinha, tão boazinha, obedeceu. Voltou do banho mais animada, com uns jeans que tinha acabado de comprar. E as pulseiras. Ainda bem, elas tinham me custado uma fortuna!

2. GOZANDO COM AS HIENAS

TERAPIA DE RICAÇOS

16 de outubro de um ano desses
Era Comum, Somália.

A Somália tem pouco mais de 10 milhões de habitantes, em um território de 637.657 km^2, o equivalente a 15 Suíças. Dizem as estatísticas da Organização Mundial de Saúde que o país tem três médicos psiquiatras credenciados para atender a estes 10 milhões de pessoas.

Mais: a Organização Mundial de Saúde calcula que um em cada três somalis padece de transtornos mentais. Muitíssimo acima da média mundial, que é de 1 a cada 10. Ainda pior: as estatísticas são traiçoeiras, e estima-se que a verdade é uma a cada duas pessoas – uma de duas! – padece de transtornos mentais, em regiões há décadas dilaceradas por carnificinas, matanças, diásporas, a usual guerra de todos por nada.

Feita a simples conta, caberia, a cada um destes três psiquiatras abalizados e registrados o lote surreal de aproximadamente 4 milhões de pacientes para cada um. Neste oceano de sofrimento negligenciado, há, entretanto, o doutor Hab.

Doutor Hab é um enfermeiro que decidiu estagiar por alguns meses na OMS. Voltou a seu país e bolou um singelo estratagema: três vezes ao dia, em algumas rádios menores, ele fala de cura.

Isto é, contra a cura tradicional. Seu programa começa com a voz ameaçadora de um ator que aconselha: "Ele está enlouquecendo? Agarrem e acorrentem". Em seguida, outra voz se sobrepõe: "Não o acorrentem não, não vai dar certo, tragam-no para o Dr. Hab, ele sim pode ajudar".

O marketing radiofônico do Dr. Hab somado a uma única ambulância e três improvisados ambulatórios têm conseguido resgatar da dor da loucura inúmeras pessoas. Resgatá-los não só da psicose, mas, principalmente, salvá-los da cura tradicional – mais cruel que a doença.

Os somalis tradicionalmente acreditam que enfermos psíquicos não são enfermos, mas foram tomados por espíritos malignos. A terapia convencional, aplicada ampla e generosamente, é acorrentá-los a árvores e deixá-los lá, isolados, sem contato com qualquer morador da vila e abandonados pela família. O segredo desse método clássico é simples: ao acorrentar os doentes, acorrentam junto os espíritos malignos, que não se conformarão com a reclusão e amarras, e sairão do corpo do louco, libertando-o.

Como toda convenção tem sua regra superlativa, se a família somali é de posses, rica e amorosa o suficiente, consegue recorrer a um tratamento alternativo, extremamente caro (cerca de 550 dólares, mais que o salário médio *anual* de um morador de Mogadíscio). A terapia de elite provavelmente é mais rápida e eficaz. Consiste em comprar uma hiena e trancá-la com o doente numa jaula por uma noite; a sabedoria imemorial diz que a visão aguçada da hiena detectará com precisão que parte do corpo foi possuída pelo mau espírito; com seu faro e tino, a hiena vai atacar e devorar aquela porção do corpo tomada pelo espírito maligno. Se a hiena estiver faminta, a cura se processará em horas. Caso não, leva aproximadamente um dia. O mal será exorcizado, e os sintomas desaparecem, na maioria das vezes com o próprio enfermo. Não é infrequente que a cura de elite culmine com a morte do paciente, constatada quando a jaula é aberta no dia seguinte.

O mais difícil para o doutor Hab não tem sido a carência de medicamentos ou as mambembes condições dos ambulatórios que ele improvisou – faltam cobertores, remédios, gaze, esparadrapo, aspirina e até combustível para sua alquebrada ambulância. O mais árduo e frustrante é convencer as famílias e os pacientes de que hienas não resolvem, mesmo porque não distinguem órgãos vitais de outros, mais acessórios, como um braço, por exemplo. A batalha decisiva, para o excêntrico doutor Hab, é convencer a comunidade de que não há possessão, mas só uma doença, como cair de uma árvore e quebrar o pé. A possessão é mais atrativa. A possessão sempre foi mais atrativa, inclusive no medievo ocidental, que queimava suas chamadas bruxas. Tem a seu favor uma longa tradição e inclinação pela credulidade. E a mesma luxúria coletiva do linchamento.

O conceito de doença mental foi aposentado, no Ocidente, pela incorreção política e nosológica, e trocado pelas mais modernas depressões, psicose, esquizofrenia, bipolaridade. Desconhecidas e uma excrescência na cultura somali.

Tanto é assim que a tradução mais aproximada deste estado mórbido (o mal-estar psíquico, da melancolia ao surto maníaco) seria, para os somalis, a expressão "sentimento de um camelo quando seu amigo morre". A figura de linguagem não é pejorativa, pois camelos, por lá, são semi-reis celebrados em canções folclóricas. A principal vantagem de a doença ser a de um camelo melancólico é que ela tira a culpa do doente pela doença. Um camelo o atingiu. Assim como o câncer atinge o doente do chamado Ocidente, e as metáforas de doenças autoinduzidas revelam sua tolice e perversidade. Como os ocidentais genética ou ambientalmente levados ao câncer, a culpa não é deles.

A crença doença-possessão, porém, é mais cruel no continente africano. Em países vizinhos, se crê que a cura da Aids é copular com uma virgem. Curiosamente, se repete o paradoxo cartesiano de que o espírito é separado, mesmo antônimo, do corpo. Assim, a dor psíquica só pode pertencer a influências de um mundo extra-humano, daí a menção ao simbólico rei-camelo. "O sentimento de um camelo quando seu amigo morre." De quantos camelos é feita Paris?

THERAPHIE, SINTHOMA E DHOR

16 de outubro do mesmo ano
Era Comum, Paris, França.

Mas nem só de hienas vivem as terapias. O sofisticado Ocidente nos brindou com um escritor genial, Sigmund Freud (prêmio Goethe de Literatura em 1930), com sua pupila e filha Anna Freud, com o discípulo preferido que se desgarrou, o esotérico Carl Gustav Jung, com o amoroso psi/pediatra inglês Winnicott de *The Piggle* (encantador relato do *tratamento*, durante três anos, de uma menininha apelidada "porquinha"), com o húngaro Sándor Ferenczi, que enfatizava a **empatia** como instrumento essencial para cura, com Melanie Klein, o "seio bom/seio ruim" e ênfase na **interação** interpessoal, com hereges renegados como William Reich, com o grito primal e a bioenergética, e, nos píncaros da glória, com um linguista francês que usava colarinho Mao Ze Dong e lotava plateias de devotos boquiabertos pelas suas inescrutáveis lucubrações. Após sua morte, foi uma briga de foice entre seus sequazes sobre quem era ou não lídimo depositário do legado do mito. O paciente, enjaulado na dor, que se lascasse. Vejam só:

> "No Seminário vinte e tantos sobre o sentido gozo binário do *sinthoma*, Lhacanh, mestre dos mestres, evoé, salve, pontifica que o sintoma não é somente aversão ao sentido ou significação cristalizada, mas pode ser tomado como função pela qual se pode *verter* sentido, pondo em jogo o que chamar de *significância*, a ser entendida, como subsumido

por Birthes, como regime de sentido que não se fecha num significado. O desejo se articula ao *sinthoma,* na medida em que este exprime, enquanto função necessária para se gozar do inconsciente, uma lacuna, pela qual o que é do real parasita de gozo pode passar pelas leis da significância operada pelo desejo, é o que possibilita a própria abertura contínua da significância enquanto fluxo de sentido.

O que faz um analista senão cingir o que de gozo escapa à linguagem para tentar subsumi-lo ao campo possível da significação? Em Lhacanh, este binário sentido-gozo emerge na sua primeva conceituação do sintoma como sentido, um sentido recalcado que se enuncia por um significante cujo significado está recalcado e não foi aceito pelo Outro.

O *sinthoma* como formação do inconsciente privilegia o eixo simbólico e difere das outras formações ao não ter um caráter fugaz, como uma fixação na exigência de satisfação da pulsão. Não é signo de uma patologia.

E o sofrimento não deve jamais ser evocado, ou embaçar o legítimo curso da análise. Cabe ao Analista ensinar o analisado a emendar seu *sinthoma* e o real parasita de gozo, operação esta que torna possível esse gozo pela via de um *gouço-sentido* (*j'ouis-sens*). Assim, o *sinthoma* não é somente aversão ao sentido ou significação cristalizada, mas pode ser tomado como função pela qual se pode *verter* sentido, pondo em jogo o que podemos chamar de *significância.* O que faz um analista senão trabalhar nos pontos de junção entre *a língua* e linguagem, entre gozo e desejo, entendendo o desejo como lei da condição do sentido? O *gouço-sentido.*

O que a operação analítica põe em jogo é da ordem da significância como lei do desejo e do *sinthoma* como função de gozo. Como formalizar a inclusão da dimensão da letra no escopo teórico da psicanálise lhacanhiana, sem renunciar à primazia do significante? A esperança que o *maitre* Lhacanh deposita na lógica e na topologia seria o ápice de articular aquilo que é da ordem de um:

'não sem o significante, mas *não todo* significante? **O sintoma não é signo de uma patologia.** No campo do sentido é pelo trabalho associativo que se busca conectar este significante. É a libido/o gozo que produzirá suplência. Um significante cujo significado está recalcado e não foi aceito pelo outro. O real parasita de gozo, operação esta que transmuta esse gozo pela via de um *gouço-sentido*, uma incidência do ato sobre o *Sinthoma* que, em primeira instância, o torna analisável, que esteja em perda de gozo, perda de velocidade. É isto que o permite fazer signo.'

Pois o que faz um analista senão cingir o gozo para soltar-lhe os nós? **Abandonemos de vez o amadorismo que quer da análise a escuta do sofrimento. Ocioso e contraproducente seria o sentimentalismo diante da *dhor*".**

Ficou claro? Cristalino? Concatenado?

E atenção à advertência: *não é papel do analista minorar ou aliviar a dor do paciente.* Condescender com tal sentimentalismo seria renegar a *theoria* e usurpar a *hermeneuthica.*

Na Paris Mater lhacanhiana, a hiena do gouço-sentido, em seu apetite *vison-snob*, já erradicou o sofrimento mental.

Não há camelos em Paris, como na metáfora somali; muito menos sofrimento psíquico.

**Atas do Colóquio Internacional do Foyer Lachanhiano d'Ètudes Paresseux.*

3. EIAHH!

A MENINA QUE SOBREVOOU OS CÉUS

24 de dezembro de um ano qualquer
Freetown, Serra Leoa.

A primeira vez em que Beah teve um pesadelo foi aos 13 anos. Aconteceu na segunda noite em que dormia no centro de recuperação da Unicef, em Freetown. Acordou se debatendo, aturdida e suada, naquela região inconsútil que separa a inconsciência do despertar. Apavorou-se: estava deitada numa cama, havia cobertor, travesseiros e uma mesinha ao lado, com um copo de água pela metade. Apoiou o cotovelo e olhou ao redor: uma fileira de outras camas e desconhecidos, a maioria gente de sua idade.

Antes, só havia sonhos esplêndidos.

E, até os 10 anos, ela nunca precisara sonhar.

Depois, dos 10 aos 13, os sonhos vieram, toda noite. Imagens magníficas começaram a inundar seu sono. Apareciam e se repetiam sem falhar, dia após dia, uma dádiva de sensações exultantes, o prazer irradiando pelo corpo, límpida e pura explosão de potência e contentamento. Potência e alívio. Alívio e poder. Os sonhos maravilhados começaram na semana em que ela foi sequestrada pelos guerrilheiros da Revolutionary United Front, quando a RUF invadiu sua aldeia e a capturou para fazer dela uma menina-soldado na fronteira de Serra Leoa.

Sonhar era o melhor de se viver. O avesso do dia. As noites dissolviam tudo que ocorrera horas antes. As noites deglutiam a memória e recobriam tudo, pois os sonhos eram mais vívidos e ávidos que qualquer coisa que ela houvesse feito ou pudesse ter acontecido durante o dia. Davam-lhe um extraordinário prazer. Mais, inclusive, que a vertiginosa alucinação que vinha depois que ela era obrigada a fumar o Kush. Fumar ritualmente Kush pertencia aos dias, como os estupros pelos comandantes, ou longas caminhadas descalça, sua nova vida, a de uma menina-soldado. Além, claro, da grande devoção: a arte de manejar uma Kalash, não com perícia – pois a arma não pede, nem precisa, de peritos. Manejá-la com cuidado, lealdade, solenidade, mesmo amor e reverência. Era *a sua Kalash*.

Dormia abraçada a ela. Talvez fosse ela, a AK-47, que engatilhasse os sonhos de plenitude. Beah fechava as pálpebras, e, não importa por quantas horas, nem mesmo se fosse acordada meia hora depois, nem mesmo se lhe chutassem o flanco minutos depois, Beah despertava inchada de esplendor, em pura beatitude, pois os segundos de inconsciência haviam lhe devolvido o dia anterior, mas ao avesso. O dia anterior, minuciosamente, mesmos locais e caminhadas, mesmas árvores e ordens, embora viesse como um dia veloz, estridente, e em cores tão brilhantes que machucavam de ofuscar.

A Beah que reprisava o dia em sonho não tinha cansaço nem fome, nem fraqueza ou acanhamento. Era vigorosa e impenetrável, um duplo da Beah acordada, aquela que marchava quilômetros indiferente à sede, participava dos ritos, e não sentia nem medo nem fome.

Desde o sequestro ela era assim: desmemoriada do dia, imune ao que se chamaria sofrimento, mas radiosa à noite. E nunca, mesmo que tentasse, conseguia lembrar que houvera um passado antes da RUF. Apenas o dia de ontem. Ontem que se esvaía em hoje, um hoje perpetuado.

Nenhuma lembrança da vida na aldeia, fosse de sua casa inclinada do teto ao chão, dos vizinhos, amigos ou brincadeiras, ou do arrepio que deveria ter sentido quando lhe trançavam o cabelo, ou até como dava medo subir alto no balanço, ou dos irmãos, o pai, a mãe.

Um vácuo tão intransponível que ela, após alguns meses, a nova Beah soldado, desistiu do inútil esforço da lembrança, pois lhe bastavam os últimos meses na selva com o RUF.

Se os dias eram vividos como um autômato, a Beah dos sonhos era outra, plena, consciente, aguda, sentia tudo.

Nos sonhos, primeiro ela surgia incorpórea, como uma voz, uma música, uma oração sussurrada que ia ganhando volume: o refrão que o comandante lhe fazia repetir desde quando fora sequestrada: "agora você é uma combatente, a Kalash é seu pai, a Kalash é sua mãe".

Quando a prece crescia e se tornava ensurdecedora, pois folhas e árvores e chão também participavam da cantoria, repetindo o refrão, quando a oração da Kalash se tornava inaudível de tão alta e se apossava de tudo, neste exato instante de ápice, todos os sons recuavam até sumirem num gemido monótono, um suspiro, um silêncio. Era aí, devagar e lentamente, que a mudez se transmutava em forma, e dava a Beah um corpo. Corpo idêntico ao seu, magro, pequeno e desajeitado.

Mas levemente alterado. O novo e idêntico corpo da menina-soldado calçava sandálias enfeitadas, em vez das botinas sujas que desejara de dia, e seu cabelo era feito de tranças meticulosamente entremeadas com fitas. Havia um lenço de todas as cores na cintura, sobre a saia amarela que só se usa em dias de festa. Aquela Beah pisava leve e graciosamente, estava limpa e cheirava a erva-doce, e parecia bem mais alta. Linda e propícia. Pronta para celebrar quando a festa começasse, à espreita: vigiando, atenta, atrás de um arbusto do sonho e munida de fitas, tranças e sua Kalash, vigiando a mina de diamantes que o comandante cobiçava.

Recostava-se com doçura enquanto o combate não começasse, abraçada à sua Kalash: a sua, apenas sua, aquela com a qual lhe haviam batizado no dia em que a RUF invadiu a aldeia, aquela vírgula mortal que lhe entregaram no dia em que mandaram escolher entre atirar em seu pai ou sua mãe. Atirou no pai, entrou na fila das crianças sequestradas, e renasceu.

A Kalash que pousava no colo do sonho não pesava mais que um grão de areia, macia e rescendendo erva-doce como ela, e ela mesma, Beah, já não tinha mais peso algum, era pássaro, era ar, era vapor, flutuava em suas sandálias novas e saia dourada, aspergindo diamantes, agora dourados, toda vez que se movia. Purpurina incandescente derramada a cada gesto seu.

Mas, e era exatamente como o comandante havia ensinado, de repente e do nada, seu paraíso era invadido por hordas de demônios, soldados do governo, dezenas, centenas, milhares deles, espectros vindos de todas as direções. Vinham para tomar-lhe as gotas de purpurina de diamantes, para roubar-lhe, humilhá-la, pisar-lhe e a expulsar. Os intrusos vinham tomar-lhe a fonte da vida, o maná da terra, o maná minério onde semeava e vicejava seu sonho, que agora se fundia ao dos comandantes da RUF.

Uma multidão desfigurada de inimigos, aterradora, armada de facões, pás, rifles e mesmo Kalashs. Beah, que os havia visto antes de todos, pois não estava mais recostada em uma árvore, mas pairava mais alto que os galhos, com as aves, rapidamente abandonou a companhia dos pássaros e fincou o solo. Ela e ela, ela e sua Kalash. Neste instante o esplendor chegou ao clímax. Beah corria em frenesi para o centro da colina, como um alvo suicida. Sem qualquer hesitação, apenas um calor abrasivo irradiando de seu ventre.

Não sabia a que distância os inimigos estavam, mas eles certamente a viam, pequena e muito alta, uma menina-árvore de metal e mais ninguém no alto da colina. Desafiante, exibia-se insolente, os incitava em todas as línguas e por todos os nomes, oferecia-se impaciente aos demônios: "venham, venham", e começava a disparar.

Disparava dezenas, centenas, milhares de tiros, sua Kalash dona do mundo, um redemoinho em todas as direções, disparava, em um segundo, 600 vezes 600, atirava à frente, atrás, à esquerda e à direita. Beah, em piruetas ágeis rodopiando mortes na cadência da música oração, atirava cega e atirava rindo, Beah e sua Kalash incólumes. Ela e ela, ambas uma só.

Nunca foi preciso recarregar ou mirar. Apenas rodopiar, as duas gritando cada qual seu próprio som e matando em uníssono, o sangue na têmpora latejando mais alto, agora, que a prece.

A Kalash era seu corpo, seu corpo era o fuzil, e Beah sabia que seu corpo nunca a abandonaria. Ambas tremiam na antecipação da vitória, intocáveis, invencíveis, protegidas dos maus espíritos. Invulneráveis.

Beah levitava, cantando e atirando a esmo, com o corpo fechado, vaporoso, translúcido. Ao som da prece, rítmico – "Kalash, meu pai, Kalash, minha mãe" –, se juntava uma explosão de todas as cores e formas e curvas, tumulto ressoando sobre a apatia dos mortos, nunca saciado, a indiferença dos corpos abatidos.

E, como no início do sonho, tudo recuou e voltou a ser som. O eco de sua garganta tornou-se o único som do mundo, o trinado da Kalash. E seu corpo tênue, embora gigantesco, vitorioso, sobrepujava os pássaros e sobrevoava o universo como em uma nuvem impossível, cobria as quatro direções desse mundo e dos outros, "sobre mortos e vivos eu reino e reinarei" e, para todo o sempre, Beah acariciava com a ponta dos dedos sua Kalash, acarinhando seu próprio corpo agora consubstanciado na arma, comunhão plena. Beah, a senhora dos ventos, Beah, a leoa de Deus.

Isso foi antes de Beah ter sido capturada de novo, desta vez pelas Forças da Paz, que a levaram para o abrigo de Freetown, onde acordou.

Foi então, apenas então, que o veneno se infiltrou no sono e os sonhos majestosos se transformaram em pesadelos: ela sonhou que tentava se aconchegar à sua Kalash, abraçando com o joelho a vírgula do carregador, no púbis a cabeça da arma, no queixo uma saliência metálica, mas, onde quer que apalpasse, não a encontrava.

Acordou.

Pingando febre, delirante, naquela cama estranha. Com o coração fechado como se a noite anterior tivesse sido uma cópia dos dias, insuportável. Ela tinha voltado a ser minúscula e magra, suja, o peito esmagado e a respiração presa, descalça e nua apesar da camisola que lhe tinham posto, as pernas fraquejando, os braços inertes.

Pela metade, amputada. Fraca, impotente. Beah sem Beah. Faltava-lhe sua potência, sua integridade, sua Kalash.

O corpo desperto pesava demais, incapaz de se mover, tateando, entre as cobertas, nauseada, para encontrar-se na vírgula de metal.

Mas havia apenas estranhos em outras camas. Ainda mal saída do pesadelo, Beah fez o que nunca, nunca se deve fazer, pois esta é a primeira lição que um combatente deve aprender, senão apanha ou morre.

Beah chorou. No começo, o choro saiu quieto e abundante. Depois, alto e seco. Como um rio que gera as próprias margens, o choro trouxe a memória antiga, perdida. Num átimo, num susto, lembrou a casa, a aldeia, o pai. Um colo de peitos murchos onde pousava a cabeça, a mãe. De tarde, lavar o corpo. De manhã, trabalhar no moinho. Correr animada para a gangorra que sempre quebrava. Kikusho, seu melhor amigo. Komana, sua irmã. O pai. O tiro no pai.

A enfermeira abriu a porta do quarto, e Beah, não mais a leoa de Deus, mas um cão velho, sarnento e acuado, urrou de ódio.

Era como se todos aqueles anos, as marchas doídas, as surras, os estupros, a fome, tivessem pela primeira vez acontecido de uma vez só, e fossem permanecer para sempre de dia e de noite. Na vigília e no sonho.

Quebrou o copo e avançou contra a enfermeira com um caco. Atingiu o pescoço da moça. A compassiva e destreinada enfermeira por pouco não morreu.

Beah fugiu. De volta ao lar, à RUF, ao comandante, à música dos tiroteios.

E, assim, um dia se seguiu a outros, e se seguirá a muitos.

> *O que foi tornará a ser, o que foi feito se fará novamente; não há nada novo debaixo do sol.* (Eclesiastes 1:9)

O MENINO QUE FICOU DE CÓCORAS

Mesmo dia, Era Comum
São Paulo, Brasil.

Tão largadinho. Notas baixas, ninguém o quer no time, sem amigos. Só no videogame. Também, com aquela estrutura familiar, quer dizer: a mãe é uma louca. Sabe aquele lance de mulher que foi bonita? Eu mesma nunca achei assim isso tudo, mas todos diziam que era gostosa. E quem entende do que os homens gostam? Ainda bem que tem filhos, é uma distração. Agora que a perua chegou aos sessenta, ficou doida de pedra, fogo no útero. Imagina que a gente foi no outro fim de semana para Itacaré, para um condomínio cinco estrelas, um luxo, precisa ver o bufê, uma nota, e ela, a louca, deitou-se na rede com meu marido, o pai dos meus filhos, meu marido, o meu marido. Quer dizer, ele estava lá quieto e ela praticamente se jogou em cima dele.

Me disseram que ela tem feito isso com o marido de todo mundo. Uma desequilibrada. Na juventude foi para uma comunidade, depois casou-se com o cara famoso de quem tinha engravidado. Outro dia convidou a gente mais uma coitada que está encalhada, ela disse que era para apresentar um cara, para jantar na casa deles, tudo muito fino, mas, nem te digo, ela interrompia a coitada da encalhada toda vez que ela (a encalhada) começava a falar, depois chamou a coitada de bruxa, assim, sem mais nem menos, porque a encalhada discordou do tal cara, o tal convidado para fechar o círculo macho-fêmea, em uma conversa sobre política, parece que ele tem dinheiro, famoso ele é. E ainda por cima esfregava os peitos na cara do fulano famoso toda hora em que ia servir um prato, até o Carlito, meu marido, ficou escandalizado. Na hora da sobremesa ela praticamente enfiou o bico do mamilo na boca do cara. E os decotes que ela tem usado, então? Quem é que quer ver silicone, ela diz que não, que é peito natural, mas a mim não engana. E o shortinho no rego. Isso eu não ligo, não dou a mínima porque meu marido diz que mulher que não tem bunda ele nem olha, e ela até pode estar magra, mas nunca teve bunda, nem cintura, só aqueles peitões e o cabelão louro, eu a conheço desde os 15 anos, sei que são tingidos.

Está tão louca para dar para qualquer um que nem parar em casa para mais. O coitadinho do filho vê a mãe três, quatro dias por mês, no máximo, e justo nessa idade em que se precisa tanto de mãe, 13 anos, pobre do meu afilhadinho. É, somos quase família.

O pai, então, esse é um banana, faz o que o menino quer, o mais velho ganhou carro importado quando completou 18 e bateu o carro bêbado numa árvore no dia seguinte, deu perda total, e o pai deu um outro carro, uma BMW, na semana seguinte. Eles têm dinheiro que não acaba. Mas eu tenho pena mesmo é do menorzinho, imagina, aos 12 anos já levava menina para transar no quarto, eu desconfio que fuma maconha todo dia, o irmão quase foi preso com cocaína, ninguém diz nada, mas também ninguém nunca está lá, porque o pai vive da grana dela e só sai com menina de programa, ela não sabe, mas ele conta tudo para o Carlito, fica se gabando, contou até que o filho menor fica ligando no celular para controlar se o pai está com puta, coitadinho, tão pequeno e já com tanta responsabilidade. O pai é tão sem vergonha na cara que cantou até minha irmã, imagina, por acaso eles estavam numa convenção, quer dizer, minha irmã estava na convenção da firma e ele não sei bem o que fazia no hotel, e não é que o descarado liga para minha irmã à uma da manhã, uma da manhã, para dizer que a banheira do quarto dele estava pronta com espuma e ele só esperava por ela, peladinha.

Graças a Deus que o menorzinho é tranquilo, já nasceu assim, já era tranquilo de bebê, quando ela o largava para cuidar da firma, acho que nem mamar o coitadinho mamou, graças a Deus que o menino vai bem na escola. Também, tem aula reforço em todas as matérias, e fez muitos amigos no handball, e parece que agora arranjou uma namoradinha direitinha, e a família da namoradinha é muito estruturada e tem dinheiro. Quando nós fomos para Nova York passar o Natal, os dois casais, eu e o Carlito, ela e o coitadinho, não é que o menino fugiu daqui do aeroporto, bem na fila do passaporte! Cadê ele? Deu aquele desespero, ela ligou para o marido, que já estava em Nova York mas não atendeu, ela embarcou assim mesmo, ninguém queria desperdiçar o AP cinco estrelas ao lado do Central Park. Quando o marido atendeu, já na sala de embarque, disse: "tudo bem, deixa pra lá", ela quase chorou mas embarcou e depois ligamos de Manhattan para a casa de todo mundo em São Paulo e descobrimos que o menino tinha tomado um táxi e ido para a casa da namorada. Que loucura, largar a mãe assim, é claro que ele tem problemas. É bonzinho, mas cheio de problemas. Sei os detalhes, sou madrinha dele.

O Carlito é o padrinho e deu para ele de presente de Natal uma arma de brinquedo, mas não qualquer uma, o Carlito é muito preocupado que o menino não vire bicha, já era assim com o nosso, quando de pequeno o nosso Junior não queria jogar futebol, o Carlito ficava cabreiro e obrigava ele a calçar a chuteira e ir. Então deu de aniversário para o afilhado, precisa ver que perfeição, a arma de brinquedo mais cara que tinha, comprou pela internet, parece que vende mais arma de brinquedo que de verdade, chama Carlashi, eu acho, o Carlito disse, faz sucesso entre a meninada, quem não ia querer? Mas olha só no que deu. O menino ficou de cócoras olhando a Carlashi, e nem tocou. Voltou para o videogame. O Carlito está na maior preocupação do tadinho do afilhado virar gay. O Carlito é tão bonzinho. Tirando o dia em que ele tinha bebido demais e me deu um soco na cara e fiquei de olho roxo e aquela vez que me empurrou pela escada, o Carlito nunca, nunca, tocou o dedo em mim.

Ano que vem prometeu um drone para o afilhado. Quem sabe o menino gosta e vira macho?

Fiz tantas compras em Nova York que tivemos que embarcar uma mala a mais. E pagar taxa extra. E daí, quem liga? Muito melhor que na época em que eu ia para o Paraguai, antes de o Carlito receber a herança. Dinheiro é para isso mesmo.

Acho que no ano que vem vamos, os dois casais – a gente se gosta tanto – fazer um cruzeiro no Egito. Nem botamos o pé em terra. Só festa no navio. Dizem que tem dia que fazem à fantasia. Vou de Cleópatra. Ou é Cleóprata? Ah, dane-se. O importante é não sair do navio. Quem é que paga para ver pobre e terrorista do Egito?

4. POBRE DIABO

Passaram a perna nele, e adivinha quem foi?

Entrementes, o Diabo acordou de uma *siesta* – levam séculos suas pestanas –, espreguiçou-se e matutou: "Está na hora de pegar de novo no batente, fazer uma visitinha ao mundo e continuar minha obra, espalhando o máximo de abominações que puder".

Fazia tempo que não passeava pela Terra (foi antes da pandemia do SARS-CoV-2, então não praguejem pois ele não esteve envolvido).

Vaidoso como lhe compete, estava certo de que bastaria aterrissar em alguma cidade, cochichar tentações no ouvido de alguém e pronto: novas hostes e novos guardiões o seguiriam em vilanias, dando alento à interminável luta cósmica do mal contra o bem. Ele confiava no fulgor e ribombar de antanho. Muquirana como sempre foi, encheu de ouro só metade da bolsa, a outra metade, de moedas falsas, criptocoisas. E preguiçoso como ele só, bocejou, não planejou nada, limitando-se a botar debaixo do braço um livro que narrava seus feitos passados, de uma chamada Torá, para nele se safar. Caso seus vetustos artifícios não funcionassem, sempre poderia disfarçar sua voz em um podcast qualquer, sobre Alepo, Cabul, Mianmar ou Iêmen e desafiar seu íntimo Antagonista, um tal Deus que ficaria na berlinda, sem conseguir rebater.

"Por onde andariam moabitas moabitas, cananeus, fariseus e filisteus?", ele se perguntava. "E os descendentes do bom Jó?"

Que Diabo desatualizado. É o que dá dormir demais. O Demo estava na era analógica, não tinha *zap* nem *insta*. Um ancião conservador.

Ainda insistia no rame-rame de Jó. Aposta dura tinha sido aquela, ele e seu tradicional Antagonista disputando palmo a palmo até onde o coitado aguentaria. "Observaste meu servo Jó?", o Antagonista perguntou, priscas eras, de pura zombaria, "porque ninguém há na Terra semelhante a ele, homem íntegro e reto, temente a Deus e que se desvia do mal". Desafiara: "Vamos ver quem pode mais, eu ou você? Fique à vontade, diabinho de segunda, aguado e ignorado, simulacro de Lúcifer, aquele sim um dissidente de primeira, pois tinha princípios subversivos e escrúpulos ferozes e morais. Você não passa de um fracassado, só tem ganância e cara feia".

O Diabo ficou contrariado com a gabolice do Outro, na imemorial ocasião. Sabia que Antagonista poderia matar os filhos do perplexo Jó, dizimar seus bois, ovelhas e camelos, apavorá-lo, devastá-lo, desesperá-lo, e o infeliz continuaria fiel a Ele. Mas se reanimou com os planos de sua segunda vinda. "Eu era jovem e impulsivo, estava despreparado, não conhecia os ardis que conheço hoje", pensou, autocomplacente. "Depois de milênios me aperfeiçoando e após essa soneca reparadora, me aguardem."

Desorientado como todo dorminhoco, o obsoleto diabo pretendia desembarcar na Palestina, lugar de seu mais célebre combate, e onde velhos conhecidos seus – aliados do Outro – continuavam o serviço. Mas acabou caindo a milhas de distância.

Na África? Serra Leoa, onde os soldados estavam cortando as mãos dos camponeses para impedi-los de plantar e alimentar os rebeldes parecia-lhe mais apetecível que Ruanda, meio desanimada depois do massacre. Mas se até o velho Antagonista havia desistido do continente africano inteiro, não seria ele a se abalar.

Talvez uma boa opção fosse um campo de refugiados. Mas os malquistos eram tantos, de tantas nacionalidades – curdos, afegãos, sírios, congoleses, rohingyas, lista interminável – que dava desânimo escolher. Que tal entre mulheres paquistanesas, jordanianas ou nigerianas queimadas por seus maridos porque conversavam com o vizinho? Ou a saudosa Damasco, da revelação de Saulo, o que tivesse sobrado dela? A Líbia era quente demais. Rússia e seus envenenadores não era mau. A Sérvia sempre prometia, mas o Paquistão e Bielorrússia estavam mais trepidantes. Que tal a China, de oportunidades milenares. Ou Vigário Geral? Jardim Ângela? Itaquera? Rocinha, Rio das Ostras?

A Terra pululava de oportunidades.

O Diabo pode ter inúmeros defeitos, mas a presciência não é um deles. Pressente intuitivamente o como, quando e onde. Não hesita jamais, como o velho Antagonista, cujo hábito de escrever direito por linhas tortas revela muita indecisão, e tem dado no que tem dado.

Guiado por malévolo, porém preciso sexto sentido, o Diabo, com o planeta inteiro à disposição, foi cair num antro aparentemente esdrúxulo, mas ideal para seus intentos. Em um *shopping center.*

Estranhou, de início. Primeiro porque havia séculos não descia para fazer das suas, e tudo – o luxo das instalações, os trejeitos das pessoas – era novidade. Depois porque estava meio fora de forma, e não sabia bem como recomeçar. Espiou. E descobriu!

"É aqui, neste Templo novo em folha, com uns vendilhões que mal nos dirigem a palavra, que lançarei meu apelo à discórdia entre os homens."

"É aqui, em meio a esses almofadinhas magricelas que encontrarei as legiões ensandecidas prontas a me seguir."

"É daqui, destes abismos com esteiras rolantes, que inaugurarei meu governo do Mundo."

Mas por que não havia aterrissado em uma de suas tradicionais paragens? "Não vejo nada a que me apegar, nem fome e doença, nem escravidão, nem sujeira. Menos ainda roubo ou assassinato." Tudo lhe parecia muito mixuruca.

Irritou-se, mas logo se recompôs.

Por sorte – na verdade, por outro motivo, porque o Diabo não consegue viver sem aduladores – ele tinha trazido consigo um estagiário. Para ajudá-lo em trabalhinhos menores, como atrair uma vítima para que pulasse no abismo, como havia feito o Antagonista com os porquinhos endemoniados. O estagiário também poderia providenciar pequenos incêndios enquanto ele se ocupava de labaredas maiores. Ou distraí-lo com os inúmeros estupros de gangues contra mulheres na Índia, se ele ficasse entediado – pobre diabo antiquado, não conhecia o *Pornohub*. Constantino, esse era o nome do estagiário, apesar de treinado nas artes da insídia, calúnia, intriga, ódio, inveja, difamação e bajulação, estava terminantemente proibido de mentir para o chefe, melhor dizendo, passar-lhe *fake news*. Sua função era servir-lhe como informante fidedigno, delator esmerado, encarregado de dirimir dúvidas e atualizar os fatos, para o quê o assistente dispunha de um dispositivo que dava engulhos a seu chefe: um *notebook* de última geração, plugado até o final dos tempos a um servidor que jamais saía do ar.

Passado o mau humor inicial, o diabo matutou: "Será que o Antagonista me aprontou de novo, e me atirou num canto do Paraíso, onde pagarei a pena de um tédio mortal? Aqui só vejo conforto, riqueza e ostentação. Essa gente não tem nada de desesperada, não vai cair na minha lábia". Voltou o mau humor e ia soltar fogo das ventas – arruinando completamente seu disfarce de corretor da Bolsa de Mercadorias e Futuros – quando uma linda mulher, cheirosíssima, parou perto. Retraiu as ventas e aspirou fundo. Não era incenso nem mirra, nem lavanda nem alfazema, nada que ele conhecesse de suas andanças por Sidon ou Tiro. Mas era diabolicamente bom. Aproximou-se da linda mulher quando outra cortou à sua frente – era menos linda, mas seu cheiro, ainda mais inebriante. Aguçou as ventas, farejou ao redor e então percebeu que todos no tal Templo cheiravam deliciosamente. Dalila e Salomé não chegavam aos pés.

"Constantino, nossa primeira providência será acabar com este perfume celestial. Este bando amolecido por aromas tão aprazíveis nunca vai topar entrar em nossas fileiras. Consulte aí sua máquina para saber o meio mais rápido de atraí-los e destruí-los."

O estagiário digitou "perfume" e uns poucos sites apareceram – a rede deles era criteriosa, só selecionava o relevante.

"Chefe, aqui está escrito que '11 pessoas morrem de fome por minuto na Terra, atualmente', mas não se preocupe não, porque bem mais está a caminho. Oitocentos milhões têm subnutrição crônica, já são mortos-vivos, valeu? E mais ou menos três bilhões... isso dá um terço da humanidade, como cresceu o mundo... têm anemia aguda... e não têm água potável... chefe, quer um copinho d'água? Outra coisa para beber, um licorzinho, não está cansado de ficar de pé? Quer sentar nas minhas costas? (Constantino não resistia a um puxa-saquismo) ...deixa ver, quatro bilhões e meio de pessoas... o que dá dois terços dos habitantes atuais aqui da Terra... nunca beberam água potável na vida... que será que eles bebem, chefe? E 1% da população tem uma riqueza equivalente aos outros 99%".

"Constantino, você pensa que sou cretino?", interrompeu o Diabo. "Para já com boa notícia. O que é que essas cifras têm a ver com a minha pergunta?"

"Chefinho, é que pelos dados que eu achei, tudo bem, meio desatualizados, precisava de uns 13 bilhões de dólares por ano para terminar com os problemas de comida e saúde dessa gente toda. Exatamente, olha a coincidência, a mesma cifra anual que se gasta aqui e aqui (mostrou no visor do notebook os Estados Unidos e a Europa), apenas em um ano, para comprar esses cheiros gostosos em garrafinhas, esses perfumes. O dinheiro dos cheiros dava para liquidar boa parte da fome."

"Ora, ora, quem diria", o Diabo se animou. "Nessa gente não se mexe, então. São uns palermas, mas não atrapalham. Até ajudam. Vou nomeá-los nossos assessores. Vamos procurar coisa melhor."

Tantas eras as tentações nas vitrines – a luxúria do vestir e a gula do degustar – que o Diabo e seu assecla não sabiam o que olhar primeiro e, pior ainda, estavam entre os seus seguidores, nenhuma vítima à vista. Foi quando um moleque passou correndo e quase atropelou a dupla. Irado, o demo ia lançando uma maldição quando seu sequaz o interrompeu.

"Chefe, olha que beleza as sandálias do fariseuzinho."

O diabo fechou a boca e reconsiderou. É, pareciam mais umas botas romanas, e bem confortáveis. Como havia outras idênticas na vitrine defronte, entrou e pediu para experimentar.

"Que marca de tênis o senhor prefere?" Esse vendilhão lhe soava mais negociável, desmanchava-se em salamaleques.

"Qualquer uma", respondeu o Diabo, cofiando sua barbicha.

Ia saindo sem pagar, não fosse Constantino, que tirou dinheiro da bolsa, piscou para o vendedor, e assim evitou um incidente de proporções cósmicas. O Diabo estava fora de si. Eufórico, sorria para seus pés, dava passadas largas, depois parava, pulava no mesmo lugar, girava em um pé só, derrapava, agachava, fazia flexões no piso térreo do shopping.

"Chefe, todo mundo está olhando, é melhor a gente disfarçar."

O Diabo retomou sua compostura e mentiu: "Só estava testando, seu sabujo idiota".

Estava, sim, profundamente encantado. Que calçado magistral, com ele poderia atravessar a Palestina, a Samaria e a Decápolis em um dia só, sem parada, sem trégua. Seria como ter exércitos alados. Que arma infalível para suas hostes nefandas, com ela os seus sequazes pisariam rápido em qualquer canto do planeta, sem cansaço, sem bolhas nos dedões, sem dores na coluna ou inchaço no joelho. "Como perdi tempo estudando os manuais da Santíssima Inquisição, afinal tudo que está lá eu já sabia de cor pois eu mesmo tinha inventado, mas isso, isso, ISSO é coisa de gênio!", olhava enternecido para seus tênis.

"Chefe, não é por nada não, pelo visto todo mundo aqui tem um igual."

O comentário do capanga devolveu-lhe a razão. Baixou o queixo – o Diabo vive de cabeça erguida –, deu uma olhada rasante e confirmou. Ah, o Antagonista tinha de novo tomado a dianteira. Quem sabe havia monopolizado a invenção e com ela guarnecido os pés de seus devotos. Que lástima! O que poderia ter sido uma arma infernal na conquista de impérios estava sendo usado para outros propósitos, sabe-se lá quais. A ponta-de-lança de seu domínio tinha sido usurpada para dar conforto aos crédulos e crentes pés humanos.

"Constantino, precisamos acabar já com as oficinas que fazem isso. De mais a mais, pé macio é coisa de mulher, essas insidiosas sandálias acabariam enlanguescendo e acovardando minhas legiões. Olha aí na máquina (o *note*) onde é que se fabrica, para a gente arruinar o negócio. Depois salgamos a terra."

> "Relatório da ONG Filhos da Terra, maio de 2020, p. 197
> Condições de trabalho na Unidade de Produção de Tênis da marca Ike, Saigon.
> Nome: Tran Quoc
> Idade: 12 anos
> Descrição: trabalho escravo, resgatado em dezembro de 2019, atualmente no centro de reabilitação de Copenhague.
> Biografia: Tran Quoc nasceu em My Tho, no delta do Mekong. Seu pai não conseguia sustentar os sete filhos e quando Tran tinha seis anos um contratador de Saigon lhe propôs levar o menino para trabalhar em uma fábrica de tênis, prometendo-lhe um futuro brilhante. Desde o primeiro dia ficou claro que se tratava de trabalho escravo. Das quatro da manhã às onze da noite Tran cortava cadarços, sem pausa. Em troca, recebia duas porções diárias de trigo fervido e sal. Nenhum remédio lhe era dispensado quando ficava doente, e maus-tratos físicos eram constantes. Até hoje Tran apresenta cicatrizes e tem dificuldades para andar devido a um ferimento não tratado na perna esquerda. Tran relatou que jamais dizia a seus empregadores que estava doente, pois temia

ter o mesmo destino de outros companheiros seus, que haviam reclamado, tomado remédios e morrido horas depois. Seus corpos haviam sido atirados em uma vala comum. Tran nunca teve permissão para voltar para casa, nem no funeral da mãe. Seu pai havia tentaisitaitá-lo uma vez, mas só tinha conseguido permissão para vê-lo por cinco minutos, e depois, o menino, como punição, foi espancado por três horas. Tran conseguiu fugir no ano retrasado, mas após dez dias mendigando acabou voltando para os antigos empregadores, antes de ser resgatado."

Constantino tinha mais boas notícias:

"Aqui diz que tem mais ou menos uns 250 milhões de garotos como esse tal de Tran, nesse tipo de empreguinho. Mas vai melhorar, chefe, todo ano mais de 700 mil crianças são negociadas no tráfico de trabalho escravo. E estou desconfiado de que outro tanto é recrutado para prostituição infantil. É, chefinho, estou desconfiado de que temos concorrentes. Bom, morre criança a dar com pau, nos últimos anos um bocado foi sequestrado das vilas e recrutado como soldado, principalmente aqui (mostrou a África no visor), uns dois milhões de crianças morrem em guerras, uns seis milhões de garotos são mutilados. Deixa ver... uma coisa mais simplesinha... morre mais ou menos uma criança a cada três segundos, de fome, chefinho. É isso aí, as cifras são confiáveis. Um garoto a menos a cada três segundos, e a gente nem tem que se esforçar."

O diabo, antes furibundo, estava agora meio desanimado. Não que a história lhe desagradasse. Até lhe trazia boas lembranças... daquela inspeção em uma fábrica em Manchester há uns séculos, só crianças também, pele e osso. E as Cruzadas, então!, pilhas de meninos muçulmanos estripados na ponta da espada cristã, os cadáveres empilhados formavam montanhas. E as fogueiras da Santa Inquisição, e sua afinidade eletiva com as cinzas e fumaça saídas séculos depois dos fornos crematórios da Polônia, por exemplo, parece que foi ontem, que engenhosa solução final...

O Diabo devaneava, mas um arrepio de realismo fê-lo lembrar que essas iniciativas, ao fim e ao cabo, não tinham dado muito certo. O Reich durou 12 anos, em vez de dois mil. O islamismo se alastrou (e isso não podia ser coisa do Antagonista). "Mas esse lance das fábricas de tênis é profissional, outra coisa. Escravidão e morte, aqui, têm tudo para prosperar", animou-se. "Ninguém protesta, ninguém comenta, só uns gatos pingados, ninguém parece sequer notar". Era tão divinamente executado que o Diabo desconfiou.

Suspeita é outro de seus atributos natos: "Será que algum dos meus me passou a perna? Haverá dissidências em minha prole? Quem, dos meus, se atreveria?" Não, não parecia. O lance era tão bem bolado que parecia mais com terremoto, seca, tsunami, inundação, coisas que se aceitam como naturais. Coisas como o livre-arbítrio, criadas pelo Antagonista.

"Constantino, deixa esses cretinos com suas sandálias. Temos mais com que nos ocupar."

O diabo se sentia novamente ludibriado, mas não dava o braço a torcer.

"Nosso engano foi que até agora nos ocupamos de frivolidades, vaidades, odores, ornamentos. Venialidades. Que é que há, estamos nos aburguesando?"

O Maligno acompanhava as publicações da Congregação da Doutrina da Fé, na esperança de ser relembrado, e em nenhuma delas havia encontrado menções às cifras que Constantino lhe mostrava.

"Isso aí, chefinho, vamos pras cabeças."

"Nosso *business* sempre foi outro. *Armageddon*. Apocalipse. Praga e peste."

Recordou-se de umas notícias que lhe tinham trazido, acordando-o de supetão no meio da última soneca, para as quais não deu bola, e voltou a dormir. Dos feitos de suas hostes japonesas na China, nos anos trinta e quarenta do último século. A fiel Unidade 731, do coronel Ishii Shiro, colega do peito. Grande espírito científico, também: Shiro havia contaminado cidades chinesas inteiras com o vibrião do cólera e as plantações de Hunan com peste bubônica, mas o melhor tinha sido quando havia infectado três mil prisioneiros - os que não tinha sido usado no teste de sobrevivência ao congelamento - com febre tifoide e depois mandado de volta para casa, sem avisar nada. Que bela epidemia surpresa. Melhor ainda: nunca foi julgado e quando a guerra acabou promoveram Shiro. Deram-lhe o cargo de presidente da Associação Médica japonesa. O braço direito de Shiro, Masaji Kitano, outro bom camarada *diabolante*, virou presidente da maior companhia farmacêutica do Japão. O segredo do sucesso é assegurar continuidade.

"Peste me parece um bom caminho. Onde é que se acha, por aqui?"

Constantino, o ajudante fiel, viu um letreiro, *Farmácia: medicamentos com descontos.* Veio-lhe à mente seu autor de cabeceira, um certo Epiphanius de Salamis, colega do século IV, autor de um *best-seller* imbatível nos reinos ínferos intitulado *Panarion,* ou *Baú de medicamentos.* Epiphanius havia passado a vida caçando heréticos. Dedo-duro nato. De delação em delação, teve o que merecia: foi canonizado.

Medicamento é o contrário de peste, raciocinou o estagiário, é aqui que devemos atacar e destruir tudo.

"Chefe, esta biboca aí. Lá dentro eles vendem poções para curar doenças. Vamos detonar."

"Vamos o quê, seu verme abominável! Cretino incontinente! Desde quando tem NÓS? Toma tento, desgraçado, quem manda aqui sou eu, você não pia."

Constantino, como todo candidato ambicioso por uma promoção, tinha sido educado para crer e obedecer, não para expor suas opiniões. Mas amargurou-se um tantinho, pois achava que estava na hora de subir no *ranking.*

"Perdão, chefinho, pode me dar a penitência."

"Que penitência, seu imbecil, vê aí na máquina quem faz esse *Panarion* moderno que cura tudo, daí a gente manda um vagalhão, depois um tufão, depois uns gafanhotos, só de farra, e arrasa."

"Chefe, tá dando um problema. Só aparece um arquivo, 'Laboratórios: *top secret*', e precisa da senha. O senhor sabe, esse tipo de acesso eu não tenho."

"Taí meu cartão *pix-cripta-capta-tudo*, cretino. Copia o número."

Constantino obedeceu no ato. Os arquivos diabolicamente vazados eram intrigantes.

"Laboratório Axxis Mundi, Genève, junho de 2018: INFO AD.

Relatório confidencial de pesquisas do subsolo 4^2, não consta da planta do edifício. Subsolo 3^2 incluso. Centro de Desenvolvimento de Novas Epidemias a serem disseminadas em caso de segurança nacional (*) ou de sinergia imprescindível à continuidade de produção de aspirinas. Antídotos estão sendo testados para a patente Axxis Mundi, infográficos, testes confidenciais sem duplo cego, confirmada publicação em algumas revistas científicas, marketing pronto e detalhado, logística de distribuição e propaganda impecável. Anexo:

(1) Pesquisas em embriões para inoculação de varíola, cepa nova. Tempo de produção do novo medicamento/antídoto AxM: quatro anos; custo incluído, *lobbies* razoáveis, barateamento com distribuição gratuita à população africana. Retorno no primeiro ano: 3 bilhões de dólares. Alvo: genérico. Cobaias em teste.

(2) Pesquisas em embriões para inoculação de tuberculose tipo D, cepa extraída de congênere. Fácil disseminação, alvo: Europa Central e América Latina. Mortalidade nível K. Tempo de produção do novo medicamento/antídoto AxM: sete anos; a demora se deve ao público-alvo. Retorno no primeiro ano após aprovação: 7 bilhões de dólares. Pesquisa completada, testes *in loco* em curso.

(3) Pesquisas em embriões para inoculação de enfermidades advindas de consumo de transgênicos, produção *input/output* AxM, alcance Beta 2. Mortalidade nível Kl; cepa sintética. Tempo de produção do novo

medicamento/antídoto AxM: três anos; custo incluso. Retorno no primeiro ano: 650 milhões de dólares. Alvo: África. DESCONTINUAR, alvo inconsistente.

(4) Pesquisas em embriões para inoculação de gripe 'Daisyday', cepa nova, produzida no subsolo 4. Tempo de produção do novo medicamento/antídoto AxM: cinco anos e meio; custo incluso, mais despesas de experimentos com populações nativas. Mortalidade Y3, letalidade segura. Alvo: China. Coparticipação com laboratórios estatais chineses. Retorno no primeiro ano: 24 bilhões de dólares. PRIORIDADE MÁXIMA. Acionar."

O Diabo estava pasmo. Pasmo é pouco, sofria sua primeira depressão em sua longa vida. Pego no pulo. Enganado. Traído. Alguém, ele desconfiava quem, algum bacana Antagonista, com ficha limpa, já havia providenciado tudo.

Quanto desperdício de energia com Bestas fantasiadas bufando, fumegando labaredas e devorando entranhas humanas. Bastava uma gotinha na água, uma só gotinha virótica pingada por um funcionário da AxM em um reservatório de qualquer cidade e o caos estaria instalado. Ou uma borrifada delas nas plantações. Uma só gotinha era o fármaco perfeito: envenenava e curava. E, para piorar, a Axxis era um conglomerado, não se limitava a inventar doenças e suas curas mágicas, mas também controlava frotas aéreas, mercado imobiliário e derivativos e *hedges* no mercado financeiro.

Pobre Diabo.

Que anticlímax.

Como é que lhe passavam a perna assim? Iludiam o Ilusionista? Adeus à sua vetusta reputação, de fiel depositário do mal.

Para sua decepção, a hecatombe não viria.

O mundo não ia acabar, apenas continuaria o mesmo, por toda a eternidade, girando em seu eixo. Alternando o gemido de um miserável inoculado pela Axxis e o suspiro de um felizardo tratado nas caríssimas tendas de oxigênio da Axxis.

Nada de Fim dos Tempos.

Criação e Queda, percebeu o pobre Maligno, eram uma só e a mesma coisa.

Tudo mentira! Adeus à pompa do Apocalipse, como haviam lhe prometido há eras. Ficou inclusive com nostalgia da perspectiva de uma derrota histórica — um Juízo desfavorável ou cordeiros dormindo abraçados com lobos.

Pobre Diabo.

Sentiu-se enjoado, um inútil. A cabeça girava. As pernas não o sustentavam. As mãos e pés de cabra tremiam. Chamou Constantino e falou com o fio de voz que lhe restava.

"Vamos embora, cara. Vou me aposentar. Já não há o que fazer por aqui, alguém já vingou antes de nós."

5. HERMENGARDA, A BARATINADA
E SUA VIAGEM PSICODÉLICA PELA TERRA DE SANTA CRUZ
(CARTA RECLAMONA AO AMIGO F)

Minha amiga Hermengard von Niemand está passando uns dias aqui na terrinha. É alta, magra, se veste como tardo-hippie e curiosa a mais não poder. Aterrissou bem no dia da divulgação da carta dos economistas Bacha, Malan e Fraga, na qual os egrégios apoiadores de última hora passavam um pito preventivo no futuro governo sobre o tal estouro do teto anual em 200 bilhões.

Prussiana no porte e xereta de índole, ela me via (mais que ouvia, pois só fala uma meia dúzia de palavras em português) deblaterando sobre o absurdo ao telefone: '*Mas o inominável gastou 800 bilhões nos quatro anos e ninguém piou, agora saem atirando por causa de 200*". Xereta, alegre e muquirana, ela pode ser preguiçosa com palavras mas é bem esperta com números, porque veio pronta para comprinhas.

Me cutucava: **"Achthundert Milliarden? Zweihundert** ? *Oitocentos bilhões? Duzentos?*

Desliguei o telefone e contei mais ou menos do que se tratava. Hermengarda (nome vetusto) não sabe nada de economia e menos ainda de Brasil, mas ficou intrigada. Na sua infalível cachola germânica, quatro vezes duzentos dava exatamente oitocentos.

E aí começou minha dura, embora aprazível e frustrante, jornada para tentar explicar-lhe o inexplicável.

Natural de Berlim, minha hóspede não compreendia bulhufas do que eu me esforçava para esclarecer. Não fazia sentido. Parecia raciocínio de lunático. Puro piro. O que só aguçou ainda mais sua xeretice. Bisbilhotava sem parar, com aquelas perguntas simplórias e imperiosas, e a perplexidade natural de qualquer pessoa estrangeira aos atavismos brazucas.

Vale dizer que, além de aritmética, Hermengarda havia aprendido um tiquinho de lógica na escola, como a noção elementar de sofisma.

Quando eu tentava me esgueirar pretextando que suas dúvidas remetiam a questões muito complexas, como a Teoria Mutante das Pedaladas ou a Lógica Reversa Paralógica da **Geschäft** (business is all), temas muito além de meu miserável cabedal, ela nem ligava. Não desanimava. Piorava, até. Insistia: **"Na und?"** *E daí?*

Como uma discípula desavisada de Guilherme de Ockham, filósofo medieval franciscano que usava óculos às escondidas e escolheu a "navalha" como metáfora de raciocínio claro e satisfatório, Hermengarda acha que a explicação mais simples é a melhor. E não me dava trégua. E não me dava paz. Para tentar sair da sinuca de bico (pois um dia não bastava para que ela introjetasse coronelismo, enxada e gincana financeira), fiz uma maldade. Tergiversei. Aleguei que a língua portuguesa tem palavras intraduzíveis. Por exemplo, zum Beispiel, sofisma aqui não significava um argumento enganoso, mas uma malandragem deliberada e envernizada que cola como verdade absoluta e universal.

Mas me saí mal. **"Wie zum Beispiel "saudade**"? Não, Hermengarda, não é como saudade. É outra jabuticaba intraduzível, menos romântica e mais tóxica.

Então ela quis que eu resumisse o conteúdo da carta. Afora a ausência do 4 X 200=800, encasquetou com uma passagem:

"Warum nobre anseio de responsabilidade social (sic carta)? Por que *nobre*, e não legítimo, urgente, premente, inalienável?

"Sind sie Aristokraten"? quis saber sobre os signatários. " **Genau"**, concordei, os três são da nobreza, barões das finanças, haja vista o sotaque nobiliárquico deles, como na pronúncia da expressão partido-*omnibus*, ônibus é muito chinfrim. (Ah, escapei de entrar na longa e cansativa história do patrimonialismo nativo.)

Como ela veio de Kreuzberg e viveu os anos Merkel, embora **seja links**, de esquerda, no dia seguinte soube que boa parte da esquerda brasileira é devota de Putin a apoia a invasão da Ucrania.

Sim, boa parte da esquerda brazuca admira sem reservas Vladimir Vladmirovich, o cleptocrata envenenador de opositores. **"Ist das möglich? ".** Mas é possível? Verdade ou está me gozando?

Verdade, Hermengarda, aqui uma parcela (da) **Die Linke** ainda crê que as tropas brancaleônicas (e sádicas) que invadiram a Ucrania pertencem ao valoroso Exército Vermelho. E que a queda de Kyev seria uma reedição da heroica resistência de Stalingrado na II Guera.

"Aber...(agora ela franzia o cenho, ressabiada) **der Kommunismus ist kaputt!" Ich verstehe nicht".** *O comunismo acabou, já era, não estou entendendo nada!*

Começou a me olhar torto.

Não fosse meu empenho como anfitriã, e a comidinha caseira, acho que Hermengarda estava prestes a se mudar para o primeiro hotel da vizinhança, assustada com o que eu dizia e desconfiada de que sou uma mentirosa patológica que pode surtar a qualquer minuto.

Mas ficou. O Brasil é uma viagem psicodélica. E ela continua a perguntar, não se conforma, minha Hermengarda desentendida e baratinada .

Vai piorar. A cada dia virão mais notícias e fatos estrambóticos. Orçamentos ziguezagueantes, medidas provisórias que caducam, juros melindrosos que não se rendem, uma Frente Ampla estreitando até o osso. Uma jabuticabeira em flor: intraduzível, inconcebível, indecifrável. Irresolvível?

Tenho que me preparar.

SEÇÃO II: DA *RALÉCRACIA* AO PONTO MORTO DA TEORIA

1. DA CRUELDADE

Uma plataforma política sem reviravoltas trovejantes: apenas tornar os homens menos infelizes.

Livros longos, nada contra. Que seria de nós sem o *Tristram Shandy*, de Sterne, sem *Anna Karênina*, de Tolstói, *The Shifting Point*, de Peter Brook, *Todos os Homens do Rei*, de Robert Penn Warren, ou *O Leviatã*, de Hobbes, e o magnífico *Declínio e Queda do Império Romano,* do setecentista Gibbon?[5]

Uns pobretões. Que perderam a chance de experimentar mil vidas nessa única, de reconhecer-se, reinventar-se e se subverter. Esses livros, embora demorados, lê-se de um fôlego, contraditoriamente devorando e degustando.

Ninguém duvida dos efeitos terapêuticos de livros. Nunca se está só, com eles. Quando no exílio, Maquiavel, em sua comovente carta ao amigo Francesco Vettori, conta que passa os dias entediado jogando com um estalajadeiro, padeiro e açougueiro, mas à noite despe suas roupas enlameadas e veste "roupas dignas de um rei" para penetrar "nas antigas cortes dos homens do passado": livros de Dante, Petrarca, Ovídio. E o segredo dos livros, sabe-se, é que eles só se completam graças ao leitor, a nós. Com nosso repertório e imaginação. Ao contrário dos filmes e séries (cada vez

5 Sem falar dos volumes de *Totalitarismo*, de Hannah Arendt, de Thomas Hardy, de Gunther Grass, dos Nabokovs. *As Mil e Uma Noites*, lista constrangedoramente interminável, à qual injustamente escaparia muito.

melhores), é o leitor quem faz o livro. O autor ajuda, mas, principalmente na ficção, é ao leitor que cabe delinear rosto e gestos dos personagens, as nuances de sentimentos e comportamentos, os detalhes de um baile ou de uma batalha, até os odores do local.

O encômio aos livrões é só para fazer o elogio dos livrinhos. A começar da magreza de *O Príncipe*, manual (ih!) da arte (hum...) de governar, até hoje, séculos depois, imbatível. De Tolstói, por exemplo, pode-se dizer que *A morte de Ivan Ilitch* é o suprassumo de tudo que escreveu. Sem esquecer *A Brevidade da Vida*, de Sêneca, e *Meditações*, de Marco Aurélio.

Então passemos a um panfletinho de diminutas 44 páginas, escrito pelo filósofo norte-americano e neopragmatista Richard Rorty, *Uma ética laica*. Com introdução de Gianni Vattimo e perguntas curtas da audiência, é um primor que certamente nos levará a devorar e a degustar outros Rorty.

A parceria com Vattimo, um católico devoto, é constante, vide *O Futuro da Religião*. Não são salamaleques de tolerância mútua, na esteira do *pensiero debole* (pensamento frágil). *Uma ética laica* é uma introdução à tese de Rorty de que não há absolutos em filosofia, e apenas o relativismo, ao contrário do fundamentalismo e do absolutismo (e de toda metafísica), é o único jeito de pensar, ou melhor, de enfrentar o mundo. É um lembrete de sua longa jornada filosófica, que começa na adolescência quando ele, de família esquerdista norte-americana, se vê dividido entre o amor às orquídeas (inconfessável em um esquerdista) e a pureza sem matizes do pensamento trotskista.

Orquídeas, ou borboletas, cabem em um pensamento revolucionário? Ele achava que não, e foi essa angústia adolescente que o levou, mais tarde, a descobrir o quanto é tolo e superficial raciocinar em termos ou/ou. Melhor abandonar a pretensa coerência escolástica, e adotar o e/e. Por exemplo, sobre a crueldade, tema que lhe é tão caro: *1984*, de George Orwell, é a obra-prima da dinâmica e maneirismos da crueldade social. E *Lolita*, de Nabokov, o melhor retrato do alcance e manhas da crueldade individual. São esferas distintas, e decalcam duas das inúmeras dimensões da crueldade humana. Retratá-las em suas peculiaridades, sem forçar paralelismos e tangências, amplia a compreensão sobre esse vício humano, e, quem sabe, desencadeia a desejada compaixão.

Das orquídeas burguesas à adoção do relativismo – como medida sensata –, Rorty escreveu *The Mirror of Nature*, em que lança a âncora para desdenhar da leitura dos fatos como eles parecem se espelhar a nós, e admitir que seria uma estultice confinar ou colocar uma camisa de força no primado da compreensão única do fenômeno. Seria mais razoável acatar aparentes incongruências, se concordarmos com a disparidade das esferas da vida, do conhecimento, pensamento, emoções, tradições e escolhas.

Sem abdicar de sua dívida a Heidegger (o "estar aqui" versus o ser platônico), Rorty é mais filho de Stuart Mill, William James e Dewey. E do insigne e pachorrento Hume[6], de quem Immanuel Kant dizia, com admiração, ter-lhe acordado do "sono dogmático". Hume era empirista e cético em filosofia, e sentimentalista em moral (isto é, as ações morais provêm de sentimentos, não de princípios e imperativos).

Rorty é um continuador dessa estirpe, do pragmatismo de James e do utilitarismo para o qual o bem maior é "o máximo da felicidade de cada um e a totalidade da felicidade de todos", conta difícil de equacionar. Sabe-se que o ideal de uma sociedade em que todos amam todos como a si mesmos é uma monstruosa quimera. Cuja perversão histórica se consumou nos totalitarismos de esquerda e direita. Mas, apesar do pessimismo, não cede à apatia, e se engaja na ideia de que, sim, seria possível uma sociedade em que "todos tenham respeito pelos outros" – na qual nem sempre o desejo do outro é intrinsecamente perverso.

6 Ver o Apêndice à *Investigação sobre os Princípios da Moral*, 1751.

A plataforma política de Rorty é uma plataforma anti-crueldade. Sem reviravoltas trovejantes. Minimalista: apenas tornar os homens menos infelizes.

É por isso que Rorty tem certa aversão a utopias (é só lembrar que Thomas Morus, o clássico utópico, se comprazia em caçar hereges protestantes e enviá-los à fogueira). Daí sua ambiguidade quanto à democracia: às vezes faz uma rasgada apologia do menos ruim dos sistemas, às vezes, como nesse opúsculo, diz que ela é apenas uma, entre outras, formas de se atingir a "felicidade". "Amanhã poderia ser qualquer outro meio."

O único consenso é a necessidade de salvaguardar a sobrevivência da humanidade, e evitar a crueldade. Mas para isso seria obrigatório convocar a um certo predicado, meio em falta: a imaginação. O dom de ser o outro, bem diferente de reconhecer a alteridade: o dom de ser Ivan Illich, Anna Karênina, Winston Smith e a vítima de Lolita. Mas como incutir esse dom nas pessoas, pressuposto da empatia, especialmente em um período em que a indiferença prospera?

Algumas pistas são delineadas em outros livros e artigos de Rorty[7]. Assim como transtornou a noção de filosofia como espelho do mundo, ele dá um piparote no kantismo e seu nobre ideal de imperativo categórico. Nem precisaria nos mostrar que nobres princípios se esfacelam rapidinho quando as coisas apertam: estamos vivendo isso, o "meu pirão primeiro". O jeito, então, seria ampliar essa noção de meu para nosso, e de nosso para nós todos, um identitarismo da tribo humana. A originalidade de Rorty está em refinar e atualizar aquela máxima humana de que boas ações só são cometidas quando o afeto, a lealdade, a amizade à distância, essas virtudes tributárias do sentimento e da imaginação, entram em jogo.[8]

---

7 Em especial, *Contingência, Ironia e Solidariedade* e *Pragmatismo e Política.*

8 Vide *Justiça como lealdade ampliada,* em *Pragmatismo e Política.*

Vivemos a Era da Crueldade. Não da violência, da ferocidade, das atrocidades, dos extremos, das incertezas, mas do sadismo que virou regra, não espanta mais e não precisa prestar contas. O passado recente está lotado delas, sim, como os campos de extermínio do III Reich, os Gulags, o Khmer Rouge, no Camboja, que quebrava os dedos dos pianistas antes de enviá-los a campos de reeducação na área rural. Mas essas malignidades, quando vieram ao grande público[9], causaram aversão, e algumas foram mesmo julgadas e punidas.

A crueldade, para diferenciá-la da violência, implica em gozo do perpetrador e prazer no espetáculo. Dizem que os fenícios, quando conquistavam uma cidade, em vez de matar os habitantes, lhes cortavam pés e mãos. Nunca faltou público para os gladiadores, um entretenimento como eram as posteriores decapitações em praça pública. E a Inquisição, além de criar inventivos instrumentos de tortura, não poupava fogueiras para ecoar os gritos das vítimas queimando aos poucos.

Crueldade é um ato de gozo. É o gozo da soldadesca russa violando e executando os chechenos (assistam ao filme *The Search*, *remake* cujo protagonista é uma criança chechena que escolhe a mudez como defesa). Ou, se preferirem, vejam as cenas diárias, dos refugiados que morrem na travessia, por obra dos traficantes de pessoas, do terror instaurado pelo Taleban no Afeganistão, sob os auspícios de Trump, dos budistas de Mianmar que queimam os Rohingya que não conseguiram fugir, 98% dos afegãos sob risco de fome, o Iêmen, a Síria, o... tornou-se monótono!

---

9 O historiador Walter Laqueur, em *The Terrible Secret: Suppression of the Truth about Hitler's Final Solution*, revela que a Cruz Vermelha e o Vaticano estavam cientes desde o início dos campos de extermínio, e o Vaticano facilitou a fuga de diversos nazistas, entre eles Mengele, através das *Rat Lines* do cardeal Aloïs.

A crueldade atual é demais corriqueira, para lá de comum, rotineira, trivial. Passamos batido por ela. Mudamos de canal, para uma comédia romântica.

Intoxicados de impotência, parece que só nos restam duas alternativas: cinismo (autoindulgente) ou ingenuidade (combativa e à deriva). *The Search*, o filme, foi detestado pela crítica, que o desancou como *naif* por denunciar o imobilismo da comunidade internacional. Revoltar-se contra óbvias anomalias virou coisa de Poliana. Pois, afinal o que temos com isso?

Tudo. A natureza já está mostrando as garras. A miséria vai bater à sua porta, ou pular o muro. A boçalidade e o *bullying*, gêmeos da couraça de indiferença, serão medrosamente acatados.

Para Rorty, a resistência consiste em buscar um pacto de mínima concórdia. Em que o eu e o meu se avizinhe do ele, dele, com ele. Curiosamente, só o individualismo, quando extremado na projeção de si no outro poderia nos tirar da ruína total. Rorty reafirma que só quando ampliarmos nossa comunidade de lealdades, de introjeção afetiva no outro, é que conseguiríamos tecer uma tênue comunidade de "confiança": "começar a aumentar o número de pessoas que pertencem a nosso círculo"[10]. Alargar o círculo não é ceder o único pedaço de pão ao filho em vez de dar metade a um estranho. Alargar o círculo é impedir, por todos os meios, através da comunidade internacional, que tenhamos de viver essa "escolha de Sofia".

Para Rorty não há nada de simplório nesse ativismo. Não é *naif* nem uma fantasia mirabolante, pois "só quando os ricos puderam começar a ver riqueza e pobreza mais como instituições sociais do que parte de uma ordem imutável" as coisas mudaram. Entretanto, para tal, seria indispensável acionar a imaginação, sair da mesmice, substituir-se em si mesmo, ser vários em um, aquilo que dizíamos da leitura como o romance de formação do caráter.

---

10 Citando o autor Peter Singer.

Conclusão: de boas intenções o inferno está pavimentado. Paradoxalmente, só o egoísmo compartilhado na consciência de uma ameaça iminente e comum (evitar a crueldade) vai nos resgatar, e às futuras gerações, de trevas de edículas ou superpotências se batendo, da ganância e da desigualdade, da serpente que já saiu do ovo e nos traz sadismo e destruição.

Um senão: Rorty não consegue responder a uma pergunta da audiência. Pergunta-fábula: "Caio em uma ilha de um milhão de canibais. A soma das felicidades será me comerem. É a ilha de Hobbes e Freud. Como escaparia?" Rorty se esquiva, admitindo que não temos como convencer os habitantes a renegar o canibalismo tradicional.

Esquiva-se, mas se reafirma: lamentavelmente já habitamos essa ilha de crueldade e indiferença e de canibalismo material (o 1% contra os 99%) e simbólico. Vale reler *Lord of the Flies*, de William Golding, para entender no que nos tornamos e, acima de tudo, quem deveríamos deixar de ser.

2. A ERA DA RALÉCRACIA
(CARTA AO AMIGO PORTUGUÊS)

Os últimos anos consolidaram um traço inexplorado da brasilidade: a boçalidade saiu do armário

> *"Em minha parede há uma escultura de madeira japonesa*
> *Máscara de um demônio mau, coberta de esmalte dourado.*
> *Compreensivo observo*
> *As veias dilatadas da fronte, indicando*
> *Como é cansativo ser mau."*
> (Bertolt Brecht, *A Máscara do Mal*)

Tive o privilégio de conhecer o mais distinto dos aristocratas, lorde Francisco. Lorde Francisco da Silva era magro, discreto, composto, falava compassado e ouvia sempre. Jovem, 35 anos, jardineiro por profissão, havia começado a se alfabetizar (lembro a alegria com que me mostrou o primeiro jornalzinho de que participava). Nunca vi nele um gesto de subserviência ou adulação, vícios crassos que posam de virtudes nas camadas ditas instruídas. Era a finesse em pessoa. Lembra dele?

Os Franciscos estão escasseando (ou escondidos e amedrontados), substituídos por Daniéis, Jairinhos & cia. De quê? Dispensam sobrenome. Tais criaturas não têm especificidade de cor, sexo, gênero, idade ou pertencimento a uma classe social (embora a classe média borbulhe deles), e já estavam espreitando, em latência, na terra em que levar vantagem foi *outdoor* publicitário, na vetusta Lei de Gérson. De um tempinho para cá, tais seres animados pela vulgaridade desabrocharam em flor, peito inflado, despudorados e violentos. Foi a crise? Não, foi a oportunidade.

O Planalto contagiou a planície, que referendou o Planalto, que a excitou no que há de mais desprezível. Mesmo alguns terraredondistas estão adquirindo certos hábitos dos terraplanistas. Assim, em um abraço apertado, contagiante, nasceu o novo jeitinho brasileiro: a propensão ao insulto, o apogeu do "e daí?" com os outros, o paroxismo do desprezo pela lei e pela norma, o auge do "sabe com quem está falando", agora seguido de porrada se não se souber: numa palavra, a normalização e a naturalização da boçalidade.

Em 1928, o primeiro explicador do país, o intelectual, ensaísta, mecenas e cafeicultor Paulo Prado, em seu clássico *Retrato do Brasil – Ensaio sobre a tristeza*, já profetizava tal sina. Causou furor nos meios intelectuais à época, e hoje dormita em um discreto ostracismo de Cassandra.

Seria considerado politicamente incorreto, hoje, candidato à incineração imediata. Seu primeiro capítulo, dedicado à *Luxúria*, menciona a miscigenação das raças, a dissolução dos costumes e a volúpia como quesitos da formação da nacionalidade brasileira. Mas a principal fonte do desassossego do brasileiro, gestada no período colonial, se intensificaria na virada do século XX, para o que colaboraria outro elemento essencial do caráter nacional: a anemia política e a ânsia de enriquecimento rápido ou *Cobiça*, título do segundo capítulo.

Alguns trechos, iluminados: "Si vos perguntam porque tantos riscos se correram, porque se affrontaram tantos perigos – escreve o poeta de *Y-Juca-Pyrama* – porque se subiram tantos montes, porque se exploraram tantos ríos, porque se descobriram tantas terras, porque se avassalaram tantas tribus: dizei-o — e não mentiréis: foi por cubica" (sic). – Cobiça insaciável, na loucura do enriquecimento rápido. Na cobiça vale qualquer expediente que o digam Jairinho & cia: status e grana acima de todos, e o deus Mamon acima de tudo.

Sobre o sentido do bem comum, é o vale tudo para se safar e satisfazer, Prado escreveu: "Este bispo via que quando mandava comprar um frangão, quatro ovos e um peixe para comer, nada lhe traziam porque não se achava na praça nem no açougue, e, se mandava pedir as ditas cousas e outras mais às casas particulares, lhes mandavam. 'Verdadeiramente', dizia o bispo, 'nesta terra andam as coisas trocadas, porque ela toda não é república, sendo-o cada casa" (sic).

O meu, me e comigo. E o "nós" que se estropie. Sobre o empreendedorismo – o alfa e ômega dos recém-convertidos liberais posudos, alquimistas proteicos da salvação nacional – veja a menção de Prado aos pioneiros empreendedores bandeirantes: *"A sua energia intensiva e extensiva concentrava-se num sonho de enriquecimento que durou séculos, mas sempre enganador e fugidio. Com essa ilusão vinha morrer sofrendo da mesma fome, da mesma sede, da mesma loucura. Ouro. Ouro. Ouro"*. Grana, status, exibicionismo patológico, esta é a moeda padrão atual. Mais pesada que o metal, pois brandida em nome das liberdades civis (sinônimo de liberação de armas), e sob os auspícios da impunidade e brutalidade.

Prado provavelmente ficaria estarrecido com o êxito (pretérito, esperemos) dos justiceiros de segunda categoria, *torquemadas* mixurucas e ágrafos, além de oportunistas/alpinistas e indômitos corruptores (hoje se sabe) da instituição do Judiciário. Que frase definiria melhor esses "congês" (g ou j?) da histeria pública anticorrupção que: *"Os representantes do poder real, longe da fiscalização disciplinar de Lisboa, ocupavam-se primeiramente dos proventos pessoais dos cargos que ocupavam. O padre Vieira dizia que a palavra furtar se conjugava de todos os modos na Índia portuguesa"*.

Como Prado é terrivelmente contemporâneo! Foi, além do primeiro intérprete do Brasil, o precursor da suspeita de que a truculência, recoberta de cordialidade, era doença visceral no caráter nativo:

> "A vida de um homem pouco valia: por um patacão, um capanga se incumbia do desaparecimento de qualquer desafeto. Nem mesmo (...) se recorria a essa sombra da virtude que é a hipocrisia; as exceções existiam, respeitáveis, como em toda parte, mas em geral era grande a proporção de caracteres duvidosos, com visível predisposição para o mal. (...) Escolas públicas não havia, (teme-se que daqui a pouco não haverá...), nem qualquer outro estabelecimento para a instrução das crianças. (...) Na desordem da incompetência, do peculato, da tirania, da cobiça, perderam-se as normas mais comezinhas na direção dos negócios públicos. (...) Os homens de governo sucederam-se ao acaso, sem nenhum motivo imperioso para a indicação de seus nomes, exceto o das conveniências e cambalachos da politicagem".

Brasil e brasileiros já foram maliciosamente descritos como malandros, indolentes, pouco sérios, vira-latas, mentecaptos, cretinos fundamentais. Mas a nova cepa de brasileiros que sai em carreatas devocionais ao ex-presidente cloroquina, ameaçando de morte quem não aderir, de juízes do STF à mãe octogenária de um opositor, cepa que se distingue de longe pois adora se enrolar em panos verde-amarelos e dispara (por enquanto apenas metaforicamente) xingamentos, esta cepa hidrófoba do "quem não está comigo está contra, e pau nele", constatada em casos numerosos e crescentes, como o do psiquiatra que vai para cima da paciente porque ela cometeu crime de desacato ao pedir para ser atendida após horas de espera, ou do rapaz que apanhou feio de um parente por defender a vacina contra a cloroquina, tantos, mas tantos casos similares que se empilham diariamente, nos levam a concluir que Prado tinha mesmo razão, só não possuía a nomenclatura. Os dois últimos anos consolidaram um traço inexplorado da brasilidade: a boçalidade saiu do armário.

Boçal, em um dicionário que me indicaram, tem 33 sinônimos referentes a suas três acepções: sem cultura, sem sensibilidade e desprovido de sentimentos humanos. Bronco, estúpido, grosseiro, ignorante, rude, rústico, alarve, beócio, animal, indelicado, bárbaro, besta, brutamontes, bruto, cavalgadura, descortês, deseducado, grosseirão, grosso, idiota, ignaro, imbecil, impolido, incivil, incivilizado, inculto, jalofo, lerdo, lorpa, mal-educado, obtuso, tapado, tosco. Acrescentaria outros dois: chulo e ralé.

Saudades do "ai, que preguiça" de *Macunaíma*, do ferino Nelson Rodrigues, de Fernando Sabino. Mas o escritor que imediatamente me ocorre como mestre retratista desta outra cepa malcheirosa é um francês, Ferdinand Céline, nome de pena de Louis Ferdinand Auguste Destouches. De extrema-direita e colaboracionista, Céline escreveu dois panfletos antissemitas que miram o "judeu negroide contra o homem branco": "*Bagatelles pour un massacre* e *L'école des cadavres*".

Céline não é o único de extrema-direita no panteão dos celebrados escritores (vide Ezra Pound). Mas já em seu inaugural "*Voyage au bout de la nuit*", de 1932, seu estilo e força retórica (muito elogiados por Henry Miller), exalam uma atmosfera de culto à abjeção, à torpeza, ao aviltamento, uma veneração visceral pelo que é fétido e infame. Não se trata de pessimismo. Não é aquele menosprezo pela "comunidade de imbecis" retratada, por exemplo, pelo filósofo romeno Emil Cioran. Pessimismo quanto à humanidade é quase condição *sine qua non* dos grandes, de Liev Tolstói a Shakespeare. A jabuticaba de Céline, o que o torna diferente e ímpar, é a luxúria com que ele se espoja e goza com e nos detritos da humanidade, sua apologia da degradação. O narrador de Céline, seu alter ego, é o boçal por excelência (no caso, erudito).

Você, que está além-mar em um país cujos monumentos não fazem jus à grandeza do imenso Império que foi, em um país que decretou e cumpre o *lockdown*, de ruas vazias e vidas poupadas, certamente sabe que o florescimento da boçalidade não é apanágio da ex-colônia. Vê-se por todo lado. Os safáris para caçar imigrantes patrocinados por Viktor Orbán, na Hungria, ou os esquadrões da morte de Rodrigo Duterte, nas Filipinas, são da mesma laia.

Que forma de governo corresponderia a esta laia? Esqueçamos por um momento bonapartismo, populismo, e outros ismos que acenam com o combate à corrupção. Sobre a corrupção e a manha de escamoteá-la, aliás, vamos ao *Sermão do Bom Ladrão*, do Padre António Vieira:

V

"O ladrão que furta para comer, não vai, nem leva ao inferno; os que não só vão, mas levam, de que eu trato, são outros ladrões, de maior calibre e de mais alta esfera, os quais, debaixo do mesmo nome e do mesmo predicamento, distingue muito bem S. Basílio Magno (...) Não são só ladrões, diz o santo, os que cortam bolsas ou espreitam os que se vão banhar, para lhes colher a roupa: os ladrões que mais própria e dignamente merecem este título são aqueles a quem os reis encomendam os exércitos e legiões, ou o governo das províncias, ou a administração das cidades, os quais, já com manha, já com força, roubam e despojam os povos. — Os outros ladrões roubam um homem: estes roubam cidades e reinos; os outros furtam debaixo do seu risco: estes sem temor, nem perigo; os outros, se furtam, são enforcados: estes furtam e enforcam. Diógenes, que tudo via com mais aguda vista que os outros homens, viu que uma grande tropa de varas e ministros de justiça levavam a enforcar uns ladrões, e começou a bradar: — Lá vão os ladrões grandes a enforcar os pequenos. — Ditosa Grécia, que tinha tal pregador! E mais ditosas as outras nações, se nelas não padecera a justiça as mesmas afrontas! Quantas vezes se viu Roma ir a enforcar um ladrão, por ter furtado um carneiro, e no mesmo dia ser levado em triunfo um cônsul, ou ditador, por ter roubado uma província. E quantos ladrões teriam enforcado estes mesmos ladrões triunfantes? De um, chamado Seronato, disse com discreta contraposição Sidônio Apolinário (...): Seronato está sempre ocupado em duas coisas: em castigar furtos, e em os fazer. Isto não era zelo de justiça, senão inveja. Queria tirar os ladrões do mundo, para roubar ele só."

E ainda:

VIII

(...) é o que especificou melhor S. Francisco Xavier, dizendo que conjugam o verbo rapio por todos os modos. (...) começam a furtar pelo modo indicativo, porque a primeira informação que pedem aos práticos é que lhes apontem e mostrem os caminhos por onde podem abarcar tudo. Furtam pelo modo imperativo, porque, como têm o mero e misto império, todos se aplicam despoticamente às execuções da rapina. Furtam pelo modo mandatório, porque aceitam quanto lhes mandam, e, para que mandem todos, os que não mandam não são aceitos. Furtam pelo modo optativo, porque desejam quanto lhes parece bem e, gabando as coisas desejadas aos donos delas, por cortesia, sem vontade, as fazem suas. Furtam pelo modo conjuntivo, porque ajuntam o seu pouco cabedal com o daqueles que manejam muito, e basta só que ajuntem a sua graça, para serem quando menos meeiros na ganância. Furtam pelo modo potencial, porque, sem pretexto nem cerimônia, usam de potência. Furtam pelo modo permissivo, porque permitem que outros furtem, e estes compram as permissões. Furtam pelo modo infinitivo, porque não tem o fim o furtar com o fim do governo, e sempre lá deixam raízes em que se vão continuando os furtos. Estes mesmos modos conjugam por todas as pessoas, porque a primeira pessoa do verbo é a sua, as segundas os seus criados, e as terceiras quantas para isso têm indústria e consciência. Furtam juntamente por todos os tempos, porque do presente — que é o seu tempo — colhem quanto dá de si o triênio; e para incluírem no presente o pretérito e futuro, do pretérito desenterram crimes, de que vendem os perdões, e dívidas esquecidas, de que se pagam inteiramente, e do futuro empenham as rendas e antecipam os contratos, com que tudo o caído e não caído lhes vem a cair nas mãos".

Peçamos data vênia a Aristóteles, que era apologeta da tradição e detestava invenção, e inventemos um termo parelho aos seus *aristocracia* (governo dos que tem *areté*, excelência), *oligarquia* (a decadência desta), *monarquia* (que pode degenerar em tirania) e *república* (que pode descambar para a indesejada democracia demagógica). Que tal falar em *Ralécracia*, o governo da ralé para a ralé, que em alguns casos compõe um terço da população?

O tirano pode se aliar ao povo contra a nobreza, e cair; o oligarca pode incidir no erro de privilegiar uma só facção, e o problema com a democracia aristotélica é que ela aparenta ser o governo dos pobres, mas é conduzida pelos ricos. Já a *Ralécracia* não corre o risco de corrupção, pois esta é sua essência.

Neste ensaio, porém, tenho mais dúvidas e hesitações do que qualquer intuição. É um esforço e teste de compreensão, uma certa medicina para nos aliviar da angústia.

A boçalidade acomete preferencialmente a direita, e sempre os totalitários. Stalin, Hitler e Mao Tse Tung podem até ser chamados de psicopatas, mas havia um elemento trágico naquelas epopeias que falta à vulgar, mas não insípida, *Ralécracia*. Por exemplo: a carnificina da pandemia no país não foi uma tragédia, pois não é um mal inelutável (como foi o inescapável parricídio cometido por Édipo, que fez de tudo para desviar-se do destino traçado para ele). É uma política deliberada, embebida de ignorância, mas também esperteza (aí está o paradoxo). Não preciso repetir a cronologia ou os fatos, você conhece. Mas o que me assusta, mesmo, é a miliciana marcha suicida rumo à asfixia, que nunca termina.

Mergulharemos no oitavo e penúltimo círculo do *Inferno* de Dante, o da Fraude, já tendo ultrapassado o da Ganância?

Paulo Prado, socorro! Como evitar que o país se desgrace de vez, por culpa de "um patriotismo fofo, leis com parolas, preguiça, ferrugem, formiga e mofo"?

3. ADEUS ÀS CAUSAS

Esqueçamos, por enquanto, os titubeantes esquemas explicativos, para plugar na urgência cotidiana.

Na profusão desnorteante de análises, interpretações e insinuações teóricas para compreender o que se passa em um mundo que é pura interrogação, só uma coisa é certa: não se sabe nada.

Culpa dos filósofos, politicólogos, sociólogos, e outros amigos do *logos* aos quais falta empenho ou discernimento? Absolutamente não. É que tudo irrompe com tamanha aceleração (até inventaram uma disciplina de nome feio sobre isso, a Dromologia), com tanta ambiguidade, com tal ímpeto desorganizador, que a perplexidade é, provavelmente, a única resposta genuinamente honesta. Quando nos pacificamos na expectativa de que "é isso aí, enfim", os fatos dão uma cambalhota e nos pegam desprevenidos.

Dizer que a proximidade dos eventos e a complexidade de (mais) um tempo sombrio dificulta a compreensão, pois estreita a perspectiva, é chover no molhado. Pior: seria uma lapidar estultice digna do *Dicionário de ideias feitas*, apêndice picaresco de Bouvard e Pécuchet, os personagens de Flaubert que sonham construir um conhecimento enciclopédico, mas acabam produzindo um manual de trapalhadas em que um dos motes centrais é lamentar o tempo presente.

A todo momento presente falta, óbvio, aquele horizonte, aquela perspectiva que costura os eventos pretéritos e lhes dá, se não sentido, certa coerência.

Somos atropelados cotidianamente por tantas variáveis detestáveis (a maior pandemia de todos os tempos, a maior recessão jamais vivida, a mais aguda crise das instituições democráticas, ódio e ressentimento escapando do civilizado recalque e correndo solto) que o planeta (redondo) mais parece um daqueles excêntricos átomos em que um elétron salta de órbita e pimba, foi-se a estabilidade.

No núcleo desta maratona de insensatez e plausíveis incongruências o maior risco não é o cogumelo atômico, nem uma Terceira Guerra Mundial, pois esta já está em curso há anos, em várias regiões, como *proxy wars*. Crimes contra a humanidade, genocídios, limpeza étnica. Os dados (drones, armas químicas, bombas) já foram lançados. O maior risco futuro, a culminância das derrotas, é o desalento.

Em *Sonâmbulos*, uma análise da eclosão da Primeira Guerra mundial, publicada em 2012, seu autor, o professor da Universidade de Cambridge Christopher Clark, sugere que vivemos um cenário mais próximo do que precedeu à carnificina nas trincheiras europeias do que aquele que engendrou, na Segunda Guerra, os campos de morte assépticos, encarregados da solução final e da instauração do milênio do III Reich. O surto de nacionalismo patriótico era similar e nefasto, como os habituais coturnos e continências, e "a hora da diplomacia havia chegado ao fim".

Mas, como em 1914, e em contraste com os anos 1930, os fatos agora são demasiadamente emaranhados, o protagonismo está cambiante, os alinhamentos e realinhamentos voláteis e pulverizados. A desconfiança (não a devoção zumbi) entranha as próprias fileiras, e atores e jurisprudência supranacionais, como a ONU e as Convenções de Genebra (a primeira e segunda já existiam em 1864 e 1906), que tiveram sua importância no pós-Segunda Guerra, são motivo de descrédito e escárnio.

Vide a Síria de Assad, que saiu ilesa das denúncias de uso de armas químicas. Vide o Iêmen, onde uma criança morre (de cólera, fome ou bomba) a cada dez minutos. Vide a limpeza étnica e o extermínio dos Rohingya em Mianmar e, em 2021, o terrorismo de Estado da Junta Militar que deu o golpe. Vide Putin enviando russos para matarem ucranianos, e morrerem em maior número. Se a violência já foi chamada de parteira da história, está partejando o caos. O cândido Henry Kissinger declarou, certa feita, que a moralidade interpessoal era OK, mas jamais poderia ser trasladada para conflitos entre nações. Razões de Estado, vale tudo.

Há uma passagem iluminadora no livro de Clark. Ele adverte que, diante dos pontos cegos difíceis de deslindar, é mais conveniente perguntar o "como", em vez de o "porquê".

> "As questões do 'porquê' e do 'como' são logicamente inseparáveis, mas nos levam a direções diferentes.
>
> A questão do *como* nos convida a examinar atentamente as sequências de interações que produziram determinados resultados.
>
> Em contraste, a questão do *porquê* nos convida buscar causas remotas e categóricas (em nosso caso, a dinâmica do capital financeiro, a guerra digital, a partição geopolítica internacional, multilateralismo ou isolacionismo) (...) e teria um efeito distorcido, pois cria a ilusão de uma pressão causal a acumular-se constantemente, forçando o sobrevir dos acontecimentos."

A desilusão que nos aflige é, em boa parte, resultado desta saturada caça aos "porquês", em vez de ficarmos de olho no "como". Nada contra os "porquês", um esforço arraigadamente humano para sistematizar, esmiuçar, dar coerência a hipóteses, contradizê-las, chegar a causas materiais, formais, eficientes, finais etc. e *ad infinitum*. Nada contra, só a pressa.

O mais modesto "como" se limita a indicar pistas, aqui e acolá. Elenca a conjunção de atores e opções, irrepetíveis, e, cúmulo dos cúmulos para os profetas do "porquê", inclui a contingência como elemento propulsor. Um acaso, um imprevisto, um gesto inesperado podem fazer toda a diferença.

David Hume, o escocês bonachão que acolheu Rousseau, e cuja *Investigação sobre os princípios da moral* (1751), versão abreviada do *Tratado sobre a natureza humana* (1739) privilegia as virtudes sociais como superiores àquelas privadas, após matutar por anos, concluiu que nada no mundo fenomênico ou valorativo – exceção feita a álgebra e geometria – é passível de conhecimento 100% assertivo.

Pois o que tomamos ciosamente como relações de causa e efeito podem ser apenas percepções de regularidades. E é apenas nosso hábito de constatar regularidades que cria a expectativa de que estas são universais. Mas nada obriga que Y siga X. Inexiste um vínculo de necessidade; o que há é um mero e constante nexo. Adeus às causas; vamos nos ocupar das conjunções, mais confiáveis.

Muito resumida e cortesmente, Hume diria que os "porquês" são apenas solenes convenções que formulamos, no afã de entender o compasso do mundo e da vida. São associações – nunca verdades imutáveis – inspiradas pela contiguidade, continuidade, semelhança e coincidência. Fantasiamos que podemos elaborar verdades universais, mas só há, mesmo, uma regularidade na nossa percepção. Tomemos a lei da gravidade, verdade absoluta no mundo sublunar de corpos tangíveis: um corpo sempre cai a certa velocidade conforme sua massa. Menos na nave Discovery de *2001: Uma Odisseia no espaço*, de Kubrick. Menos no espaço sideral. Menos no mundo subatômico, em que até a noção de corpo se emaranha com a de energia, criando pacotinhos marotos que são influenciados pela nossa inspeção. Não bastasse isso, o acaso, vilipendiado pela Teoria, faz das suas: por exemplo, ninguém adivinharia que Hal, o computador da nave, ficaria magoado, rebelde e vingativo.

Falta mencionar a predominância do "como" no caso da Nova Zelândia durante o auge da pandemia.

Em agosto de 2022, lamentavelmente o país enfrentou um novo surto de pandemia. Ainda não se sabe o porquê. Mas como a Nova Zelândia se tornou, por um bom tempo, o único país que zerou os casos e extinguiu a praga? Lá, o "como" teve prioridade.

Com um quarto da população nova-iorquina, 4,9 milhões de habitantes, a Nova Zelândia teve 19 mortos, e menos de 1.300 contagiados. Nova York, no mesmo período, com 19 milhões e meio de habitantes, teve 300 mil contagiados pelo coronavírus e mais de 17 mil mortes.

O segredo: agir rapidamente, bem rápido, com medidas draconianas e fala suave. O *lockdown* foi decretado aos primeiros sinais de que a pandemia chegava. "Temos só 102 casos", disse na ocasião a primeira-ministra Jacinda Ardern, "mas foi assim que a Itália começou". Durou cinco semanas, e foi para valer: rastreamento de fronteiras e quarentena para viajantes, todos os parques e *playgrounds* fechados, todo mundo confinado em casa, escritórios e escolas com atividades suspensas e restaurantes proibidos até de fazer *delivery*.

O sucesso do modelo neozelandês foi confiança na ciência, capacidade de liderança, clareza nas informações e apelo à solidariedade. Em vez de se falar de uma "guerra ao vírus", as mensagens da primeira-ministra terminavam com um "Sejamos fortes, sejamos generosos", e *outdoors* espalhados pelo país exibiam os dizeres "fique calmo, seja cordial".

Suavidade aliada à estratégia de não dar moleza: eliminação da pandemia, em vez de mitigação, como propunham outros países, que adaptavam suas restrições aos gráficos da doença. Lá, o confinamento foi total e rápido, acrescido de medidas econômicas para socorrer imediatamente pessoas e pequenos negócios, doesse o que tivesse de doer na economia. Ardern também anunciou um corte de 20% em seu salário e de seus ministros, para não deixar dúvidas.

Quem é essa líder capaz de trancar em casa cinco milhões de pessoas, sem recorrer à violência policial? É a mesma pessoa que levou seu bebê recém-nascido para uma Assembleia da ONU, que se solidarizou para valer com a comunidade muçulmana por ocasião do atentado a uma mesquita, que recorreu a chamados de generosidade em vez de metáforas bélicas, e que, como todos, reduziu seu salário em 20%. Mais: ela acreditava na importância da Fada do Dente e do Coelhinho da Páscoa para fazer das crianças, exasperadas pela quarentena, verdadeiros calmantes para seus pais. Ridiculamente eficaz!!!

4. A NEGAÇÃO DA MORTE

A civilização é um sofisticado e grandiloquente mecanismo de defesa contra a consciência de nossa mortalidade: um vasto truque para que possamos sobreviver

> *"(...) Morrer sem deixar o triste despojo da carne, / A exangue máscara de cera, / Cercada de flores, / Que apodrecerão – felizes! – num dia, / Banhada de lágrimas / Nascidas menos da saudade do que do espanto da morte."*
> (Manuel Bandeira, *A morte absoluta*)

A negação da morte é o título de um livro premiado com o Pulitzer em 1974. Seu autor, Ernest Becker (1924-1974), foi um pioneiro da interdisciplinaridade, quando ela ainda era vista com desconforto pelas universidades, como uma espécie de lesa-especialidades incendiária para os nichos do conhecimento. Antropólogo, psicólogo, estudioso das religiões, amigo leal da colaboração entre as ciências humanas, Becker foi também um modelo de intelectual: erudito capaz de escrever com clareza e coloquialidade, avesso a adulações e generoso no trato com colegas, a ponto de ter sido ejetado de uma das universidades em que lecionava por ter tomado partido de Thomas Szasz (da então herética antipsiquiatria) contra a nomenclatura acadêmica.

Becker não está na moda, mas muito se ganharia recuperando sua obra. Tentaremos, ao modo beckeriano (decupando e mesclando, sem falsos constrangimentos, seus achados) destacar uma de suas ideias nucleares, tão urgente. A civilização, ele diz, é um sofisticado e grandiloquente mecanismo de defesa contra a consciência de nossa mortalidade: um vasto truque para que possamos sobreviver. Becker desenvolverá a conexão entre este medo e a consciência da finitude com a psicologia profunda do heroísmo, seus dilemas, falácias e gênese da doença mental.

Abreviando: no afã de superarmos o dilema da morte, bolamos uma espécie de projeto de imortalidade heroica, que nos asseguraria a eternidade do *self* simbólico para além da aniquilação biológica. Mas não é deste caprichado dualismo cartesiano (corpo e alma soando em dois relógios sincronizados) que vamos tratar especificamente, mas sim das escolhas que daí advêm. Ou mergulhamos na crença de que nossa vida terá um propósito maior, engajada em algum sentido inescrutável do universo (bem, cabe sempre perguntar se o universo dá a mínima para nós) ou usamos a artimanha de afastar o terror da morte ignorando o problema, "tranquilizando-nos com o trivial". O risco de ambas as escolhas, a heroica e a escapista, é de que ambas são naturalmente propensas ao conflito. Quando um projeto de imortalidade (grandes causas que geralmente flertam com a destruição, em nome de utopias) se confronta com o outro, cego ao *aqui e ao depois* ("não tem perigo, a cloroquina salva; máscara é besteira; isolamento é frescura") a batalha está perdida. Projetos de imortalidade – pela afirmação ou recusa/procrastinação – são, para Becker, o gatilho de guerras, banditismo, genocídio. São o atalho, paradoxalmente, para mortes desnecessárias. Um afago na ansiedade, inócuo e letal.

Em seu livro *A negação da morte* (tradução de Otávio Alves Velho, editora Nova Fronteira, RJ, 1976), tais artifícios de negação da morte são sintoma de terror profundo diante da finitude, disfarçado ora de arrogância, ora de indiferença. Becker conversa com inúmeros autores: os filósofos Søren Kierkegaard, Ortega y Gasset, o pragmatista William James, os psicólogos Alfred Adler, Medard Boss (Daseinsnanalyse), Freud, muito Freud, mas especialmente Otto Rank (que foi psicoterapeuta de Henry Miller e Anaïs Nin), por quem dedica especial apreço. Becker, pasmem, não quer polemizar. Quer confraternizar, empreender diálogos que muitos tachariam de ímpios, mas que sua intuição e erudição iluminam, no caminho da compreensão.

Não é casual sua primeira epígrafe:

> "*Non ridere, non lugere, neque detestari, sed intelligere*"
> ("Não rir, não lamentar, nem amaldiçoar, mas compreender")
> (Spinoza)

O pavor da morte faz de tudo para exorcizá-la. Nem sempre foi assim. *Memento mori* (Lembre-se de que é mortal), era como se cumprimentavam, nos corredores das abadias, os frades do medievo. Mas a morte contemporânea é diferente. Nem estamos nos referindo ao fenômeno do genocídio, abominação cada vez mais frequente em todo canto. Mesmo a morte avulsa é sempre um escândalo, desespero, principalmente quando nem o luto é permitido (como na pandemia do coronavírus, a morte exponenciada), consternação e raiva, legítimos e perfeitamente explicáveis.

Nós, herdeiros da tradição judaico-cristã, como estamos despreparados para a única certeza! O tema é tabu, ninguém nos conta nada, e quando explode um colapso sanitário, oscilamos entre o desespero e a apatia. Todo dia, a cada hora, exaustos e assombrados pela proximidade de uma extinção inesperada, aleatória, randômica. Que contraste com outras culturas!

Há algumas décadas, por acaso, testemunhamos, na Indonésia, um funeral lotado (devia ser gente importante). Era pura festa. Riam, tagarelavam, comiam, bebiam, dançavam. Celebravam. Desconfiados, saímos à caça de alguma pessoa chorosa, contrita, ou ao menos sisuda. Falhamos: o funeral era, visceralmente, uma festança.

Mas não somos capazes desta alegre proeza cultural dos hinduístas, ou de budistas (o Buda histórico Gautama, dizem os sutras, morreu velhinho, deitado e calmo e cercado dos discípulos; o Cristo do cristianismo padeceu na cruz, asfixiado em agonia.)

Assim, a angústia da morte, motor da vida, é experimentada em nossa cultura de modo soturno. Com a gravidade do *Sétimo Selo* de Ingmar Bergman: não apenas o cavaleiro cruzado é derrotado pela Ceifadora, em inúmeras partidas de xadrez, como acaba conduzindo, involuntariamente, um cortejo de pessoas para o encontro com a morte. Solene e sombrio, o filme de Bergman se passa à época da Peste Negra.

Outra versão da tola fuga do impossível, mais irônica, vem do Islã: a anedota de Samarra: "Um mercador em Bagdá enviou seu servo ao mercado. Pouco depois este voltou, pálido e trêmulo: 'Mestre, agora mesmo, quando eu estava no mercado, fui empurrado por uma mulher da multidão; quando me virei, vi que era a Morte. (...) Empreste-me seu cavalo e eu cavalgarei para longe desta cidade e evitarei meu destino. Irei para Samarra, e lá a Morte não me encontrará'. O mercador emprestou-lhe o cavalo, mas logo depois, no mesmo mercado, encontrou a morte. Foi tirar satisfações: 'Por que você ameaçou meu servo?'. 'Não foi ameaça', ela respondeu, 'foi só surpresa. Fiquei espantada ao vê-lo em Bagdá, pois esta noite eu tinha um encontro marcado com ele em Samarra'".

2.

Pensar nela o tempo todo seria insuportável. Daí Becker lembrar que "religiões como o hinduísmo e o budismo realizavam o truque engenhoso de fingir não querer renascer, que é uma espécie de mágica negativa: alegar que não se quer aquilo que mais se quer. Assim a Musa detestada, quem sabe, se confunde ou se atrasa".

Não renascer é uma boa pedida, menos penosa que a balança do Juízo Final. Ou, nas palavras de William James (em *As variedades da experiência religiosa*), se a crença de se conseguir atravessar um lago congelado sem romper a fina camada de gelo inspirar alguém a atravessá-lo, isto basta; não há porque investir contra crenças. James definiu a morte como "o verme que estava no âmago das pretensões do homem à felicidade"; se há insulto, não é ao verme, mas à veleidade lunática da busca obrigatória da felicidade, um dos mandamentos do pós-moderno.

O temor da morte, além de não poupar ninguém, expõe sem luvas de pelica nosso egoísmo. Que não é "perfídia", mas apenas a tendência inelutável de o organismo, "através de inúmeras eras de evolução, proteger sua integridade". Autopreservação. O biólogo Richard Dawkins levou esta máxima ao extremo em seu *O Gene Egoísta* (*The Selfish Gene*, Oxford University Press, 1976): "Não somos nós que queremos vingar como espécie e reproduzir; são os genes que lutam para deixar prole, são os genes que se servem de nós, como hospedeiros, para se perpetuar". Convincente e sensato. Seria execrável se Dawkins não ressalvasse que o altruísmo (cria da cultura, não da natureza) deve e pode ser ensinado. É possível, é plausível, é imensamente desejável, para esta tradição anglo-saxã, que o homem se civilize e derrote a máxima de Aristóteles citada por Becker: "Sorte é quando o sujeito ao seu lado é que é atingido pela flecha".

3.

O anarco-cristão Lev Tolstói dizia que "as famílias felizes se parecem todas; as famílias infelizes são infelizes cada uma à sua maneira". É sobre as infelizes que vale escrever, compor, pintar: sobre amores infelizes, encontros infelizes, épocas infelizes. O resto é má caricatura: Tristão e Isolda partindo para a lua de mel em Bayreuth? Abelardo e Heloisa dividindo a choupana com filhos, netos e as sagradas escrituras? Romeu reclamando da culinária da inexperiente Julieta? Lolita em um *drive-in* com o padrasto, comemorando seus 40 anos?

É de Tolstói, aliás, o mais comovente retrato de uma existência que se esvai: *A morte de Ivan Ilitch*, uma novela curtinha de 1886, é a obra-prima das obras-primas do autor de *Guerra e Paz*.

Nas incontáveis variações sobre o tema morte, cabem vários andamentos. O assassinato sacrificial: *Ifigênia em Áulide*, de Eurípedes. Agamenon sacrifica a filha para melhor saquear Troia. Ou a bela morte, personificada por Aquiles, no auge da juventude, beleza, vigor, *areté*. Idem a resignada espera e esperança, à mercê de alguma vontade maior; promessa de vida eterna, apanágio das religiões monoteístas. Para certas confissões, a vida nova florescerá em bosques povoados de anjos, para outras, em haréns de *huris*, virgens prometidas aos homens justos. Há também a morte-martírio, que se imbrica ligeiramente com a anterior, caso do martírio dos cristãos católicos oficializados por Constantino, que Plinio, o jovem, chamava de histeria coletiva, a ponto de eles suprirem, "pela própria confissão espontânea falta de um acusador" (...) e pulassem "prazerosamente dentro do fogo aceso para consumi-los". "Homens desditosos", escreveu ao imperador Trajano, "que estais tão fartos de vossas vidas, será tão difícil assim achar cordas e precipícios?".

A má vontade com o catolicismo e os êxtases do martírio são o oposto da aceitação da morte com compostura (não resignação, mas modesta altivez), como evidência da brevidade da vida, com *amor fati*, como faziam os estoicos. O estoico e imperador Marco Aurélio escreveu:

> "que bela é a alma preparada para uma imediata separação do corpo, seja para se extinguir, seja para se dispersar ou sobreviver! Que essa preparação, porém, provenha de um juízo próprio e não de um simples sectarismo, como o dos cristãos, uma preparação raciocinada, grave, e, para ser convincente, nada teatral" (*Meditações*, Livro XI, Marco Aurélio, tradução de Jaime Bruna, Cultrix, s/d).

Não esqueçamos do suicídio, um gesto pária em todas as religiões, acolhido por alguns filósofos e elevado ao sublime pelos poetas.

> "Morrer é uma arte, como tudo mais. Nisso sou
> excepcional.
> Faço isso parecer infernal. Faço isso parecer real.
> Digamos que eu tenha vocação."
> (*Lady Lazarus*, Sylvia Plath, 1962)

Que tema imenso e encrencado, da altura de uma catedral gótica e extensão das mais belas mesquitas. Um arabesco que contém, como em uma noz, tantos pensadores, artistas, inventores. Nele cabe tudo, inclusive rir da baita paúra da morte, dos doentes imaginários, das travessuras desta Senhora. *O Auto da compadecida*, de Ariano Suassuna, é exemplo deslumbrante dessa possibilidade. E os contos de fadas? São useiros e vezeiros em envenenar moças branquinhas, picar o dedo de outras em fusos de tear, devorar vovós.

4.

Só não cabe o escárnio, a sordidez, a boçalidade. Por sorte, os exemplos são tão curtos quanto a inteligência que os produziu: é o "e daí?", herdeiro do "viva la muerte".

5. RELIGIÃO E TERROR

O poder da religião vem de algo bem mais simples, de suas verdades inabaláveis.

Se tomarmos o termo "imaginação" em sua acepção primeira - fantasia, originalidade - ele é quase sinônimo de poesia: daquela linguagem, mais que narrativa, na qual dúvidas, hesitações, incongruências e incoerências, oxímoros, enfim, são virtudes, mais que vícios[11]. A imaginação coloca em movimento, inesperado, imprevisível, o sujeito. Ela é inseparável do indivíduo, do singular, da criatura se afirmando, condensando seu potencial, cintilando, única, assertiva e inconfundível. Nesta perspectiva, a imaginação é um insulto às religiões.

Assim vistas, são praticamente antitéticas. Religiões podem ser fortemente emocionais, em seu apelo e ritos, mas a ênfase na emoção (pessoal ou coletiva, catártica ou silenciosamente íntima), para que esta corresponda aos rituais e padrões devocionais, e, sobretudo, aos dogmas e fundamentos, esta específica emoção catalisada nas religiões não admite a intervenção anárquica da imaginação. Neste ensaio, desenvolveremos reflexões e recorreremos a exemplos históricos que possam ilustrar esta hipótese.

---

11 Veja-se o cristalino e esclarecedor argumento de Suzanne Langer, discípula de Ernst Cassirer, em *Philosophy in a New Key: A Study in the Symbolism of Reason, Rite, and Art*, Havard University Press, 1957.

Defenderemos que a imaginação coabita muito mal com as religiões institucionalizadas, pois é outra a natureza da emoção que estas demandam, do sentimento tão frequentemente convocado, tão diligentemente insuflado nos corações e preces: a emoção vertiginosa que as religiões exigem e despertam é o medo. Seja para justificar os males do mundo, acomodando-os a uma qualquer teodiceia[12], seja para confortar, é no medo (como prudência, cautela extrema ou terror, puro e simples), que repousa o inabalável poder das religiões.

Nesse sentido, a imaginação é sua antítese, uma real abominação para a forma mentis religiosa; é, na melhor das hipóteses, sinônimo de heresia[13].

A fantasia mais comumente evocada nas religiões é a que recorre ao *tremendum*, resultado do *numinoso*[14]: fenômeno que provoca assombro, temor, terror, o "sentimento de estado de criatura" mencionado por Rudolf Otto, em que se abisma no próprio nada diante da terrível transcendência, da inacessibilidade absoluta da divindade, e se anula, esmagada, pulverizando-se aterrorizada perante o que está acima (do pó ao pó). Daí a verdadeira vocação da emoção religiosa: a de ser, não a promessa do maravilhamento, (a promessa de felicidade da arte[15]), mas o aviso recriminador, o alerta contínuo e contínua vigilância, o trombetear sobre o final dos tempos – a escatologia é a emoção religiosa por excelência, e cumpre à perfeição seu papel, o de suscitar medo e assegurar-se da disciplina dos fiéis.

---

12 De Anselmo a Descartes a Leibniz, a Pasca l (prudência) a Kant, neste último a sofisticada solução da Razão Prática exigindo um Ser Supremo como fundamento da moralidade e do *élan* por virtude, felicidade e justiça.

13 Fiorillo, Marilia, *O Deus exilado: breve história de uma heresia*. Rio de Janeiro, Civilização Brasileira, 2008.

14 Otto, Rudolf. *O Sagrado*. Edições 70, Lisboa, s/d.

15 A *promesse de bonheur* de que falava Stendhal.

INABALÁVEL PODER

O poder da religião não está nos fundamentalismos (que tanto engajam) nem em seu considerável papel temporal. Não está na pompa e nepotismo dos papas da Renascença, aquele poder de cometer excessos que fez do pontífice Alexandre VI – pai de Cesare e Lucrécia Bórgia – o político mais importante, e letal, de seu tempo. Nem nos feitos de Salâh al-Din Yusuf ibn Ayyub, ou Saladino o Grande, líder muçulmano curdo (curiosamente, o maior herói do Islã não era árabe) cuja diplomacia, mesclada à arte da guerra, minou a empreitada das Cruzadas (outro típico exemplo da aliança pleonástica poder & religião). O poder da religião não está nas jihads ou guerras santas que ela patrocina, nos monumentos que ergue para se eternizar, pirâmides ou catedrais, nem nas fortunas que as Igrejas amealham ou dissipam, ou na capacidade que elas têm de transtornar o destino de povos inteiros, confortar as pessoas (com dádivas deste mundo e promessas para o outro, eventualmente negociando à vista indulgências) ou arruiná-las feio (hereges ao fogo).

O poder da religião vem de algo bem mais simples, em sua entranha – de suas verdades inabaláveis.

Todo o resto é mera consequência. Ouro, incenso e mirra, glória, magnificência, influência, longevidade e a habilidade de converter gente simples em fanáticos (ou, como disse o prêmio Nobel de física Steven Weinberg, de "fazer com que gente boa pratique más ações") são o resultado desta altiva segurança de si, que não admite réplica e que está no fulcro mesmo das religiões. Em religiões que se prezam não cabem hesitações (divagações, digressões, oximoros), nem em suas doutrinas, nem da parte de seus seguidores.

O resto, isto é, a extraordinária potência política, financeira ou bélica, a autoridade moral, a capacidade de persuasão e, finalmente, a infinita resiliência das religiões – elas sobreviveram intactas ao ataque dos iluministas no século XVIII, à declaração apressada de Nietzsche ("Deus está morto") na virada para o XX e à concorrência das religiões laicas de esquerda e direita, e seus profetas milenaristas Stalin e Hitler –, enfim, a perenidade e a incolumidade das religiões devem-se ao singelo motivo de que elas nunca precisam prestar contas.

Não está na natureza das religiões ter que se explicar. "Creio porque absurdo", já dizia no século II um dos primeiros teólogos cristãos, o genial Tertuliano de Cartago.

Ao contrário da ciência, cujo motor é a dúvida – perguntas, discórdia, desconfianças e rompimentos foram o oxigênio de Galileu, Newton e Einstein – a religião nasce, cresce, vive e se reproduz no dogma[16]. E dogmas são incontestáveis exatamente na medida em que significam, literalmente, mistérios.

Mistérios não estão por aí para ser escarafunchados – como os átomos, o genoma humano, ou a superfície de Marte. Qualquer tentativa de analisá-los ou dar-lhes coerência seria uma ingerência indevida, além de tola e inútil, do ponto de vista religioso.

Pretender destrinchar o sentido de um dogma, ou mistério religioso, é sinal de total despreparo espiritual do intrometido. Um mistério só é mistério porque absolutamente impenetrável, imune a qualquer lógica, e, sobretudo, terreno proibido para questionamentos ou contestações. De que maneira se poderia discordar do inefável? Com qual argumento, se a fé, quando legítima, prescinde de frivolidades como justificativas ou arrazoados? Estamos precisamente na terra do "assim é, porque é assim", palácio dos truísmos em que os curiosos ou muito inquietos não pisam. Aliás, sabe-se que quanto mais implausível, obscuro ou abstruso for o dogma, melhor.

Mistérios seduzem porque operam como os milagres: tanto mais poderosos quanto mais inacreditáveis e, acima de tudo,

---

16 Boyer, Pascal, *Religion Explained*, Basic Books, Perseus Books Group, 2001.

insondáveis (fato curioso no capítulo dos milagres é porque, em geral, eles nunca acontecem onde mais se precisa deles, como em Auschwitz ou na África, mas em Fátima, e seus beneficiados parecerem escolhidos meio randomicamente, além de seus benefícios soarem um tanto avoados; afinal, não haveria nada mais premente que fazer uma estátua chorar sangue?)[17].

Há quem contradiga isso tudo, e defenda que o supremo poder da religião é o de elevar-nos às alturas, direto aos céus de pura beleza e transcendência: as epifanias emanadas da Paixão segundo São Mateus de Bach, do Requiem de Mozart, da Pietá de Michelangelo, da Divina Comédia, dos azuis vaporosos e macios de Giotto ou do azul cobalto, desbotado, da capelinha esquecida em uma estrada de terra. Mas este é tão somente o poder da arte, que está no mundo há tanto tempo quanto a religião, mas teve desde sempre outro endereço, o da promessa de felicidade aqui e agora. A arte, fruto da graça, nos é dada de graça, também. É celebração desinteressada.

Nada mais distante da imaginação artística, do ímpeto gracioso, que o rígido e calculado sistema de punição e recompensa, pecado e perdão, condenação e salvação, desta contabilidade impiedosa que está na base de todas as religiões.

A verdadeira vocação do poder religioso não é despertar o sublime, mas suscitar o inominável. Esta é a definição do *numinoso*[18], conceito-chave nos estudos da religião: mais um "oh!" aterrorizado que um "ah!" deliciado. Prova disso é que as verdades religiosas (cada credo com as respectivas), geralmente sisudas, não admitem ser contrariadas. No território dos mistérios

17 Bertrand Russell faz uma reclamação desta natureza na passagem em que pergunta por que nos evangelhos há tão pouca caridade e amor por bichos e plantas: os pobres porcos, possuídos, não são poupados do abismo, e a arvore é condenada a secar. (*Porque não sou Cristão.* In: *Ensaios*, Ed Livraria Exposição do Livro, 1965).

18 Otto, Rudolf, idem.

inefáveis, ouve-se pouco a música dos anjos (como em Bach) e muito, muito mais, o clamor dos chamados de ordem e disciplina. Religiões não se deixam abalar por seus descontentes – livram-se deles e pronto. Hesitações na fé só são admitidas como testes de resistência da fidelidade do fiel, acossado pela tentação da dúvida.

Veleidades de mudança – como a Reforma protestante, o nome já indica –, que seriam o sal da imaginação, na religião viram sedições. Empenhos de modernização, ou adequação aos novos tempos, acabam naquela história de um passo à frente, dois atrás (compare-se o neofundamentalismo de Bento XVI com o ecumenismo de João XXIII, *Il Papa buono*, O Papa bom, como era chamado[19]). E diálogos interreligiosos, na prática, são quimeras. O propalado projeto de coexistência pacífica das religiões é, parafraseando Clausewitz, apenas a continuação da guerra entre as crenças, por outros meios.

Por que? Simples, franciscanamente singelo, de novo: pela óbvia razão de que aderir a uma religião exige, liminarmente, excluir todas as outras[20]. Isso pode acontecer na marra, na violência, ou, se os deuses e seus respectivos representantes estiverem de bom humor, através de certo desprezo mascarado de condescendência. Os graus de intolerância variam, mas o dom da inclusão nunca foi o forte das Igrejas.

O exclusivismo sempre foi a virtude cardeal das religiões, ao menos das monoteístas – que, paradoxalmente, são primas consanguíneas.

---

19 Arendt, Hannah: vale rever seu esplêndido ensaio sobre "Il papa buono" em *Men in dark times*.

20 Quem com mais concisão chega a esta definição é o dramaturgo norte--americano Arthur Miller, autor, entre outras peças, de *The Crucible*, em que retoma o episódio histórico do julgamento e assassinato das supostas feiticeiras de Salem, magnífico estudo da neurose religiosa e suas nefandas implicações políticas.

Outro assunto é descobrir qual a motivação (psicológica, ética, cultural ou inercial) que torna as pessoas tão apegadas às suas crenças e tão irritadas quando algum desavisado ousa contrabandear um "mas será mesmo?" no interior exíguo e ordenado de suas certezas. Há quem diga que o pendor humano por religiões, tão antigo, é uma decorrência mais da biologia que do sobrenatural[21]. A propensão a crer seria um efeito indesejado, quase um dano colateral, de um outro hábito, este sim fruto de uma necessidade vital à sobrevivência da espécie: o hábito de obedecer, inculcado na infância.

Para que a criança saia ilesa da multidão de perigos que a cercam, tem de aprender desde cedo a aceitar sem protestar (ou protestando, mas cedendo) certas verdades elementares que lhe são transmitidas pelos pais. Por exemplo, que ela não pode se dependurar do terraço do terceiro andar senão cai, ou não deve colocar o dedo na tomada, ou precisa acreditar que a Terra é redonda. Não fosse assim, a cada geração reinventaríamos a roda. Imaginem se cada um de nós, aos 3 ou 13 anos, tivesse de testar pessoalmente, em vez de simplesmente acatar, o cabedal mais ou menos consensual do conhecimento disponível. Cada um teria que circunavegar o planeta com seu próprio bote para só então concordar que a Terra não é plana; ou jogar sua própria maçã, matutar um tempão e, *eureka*, chegar à lei da gravidade. Seria inviável, além de um tremendo desperdício.

É por isso que obedecer cegamente e acreditar piamente, na infância, é geralmente vantajoso e sensato. Mas, se este hábito se prolonga pela idade adulta, vira defeito: o da credulidade sistemática. Assim, o que havia sido proveitoso aos 3 ou 13 anos, depois dos 30 torna-se pernicioso: um resíduo parasitário. Deste ponto de vista, a crença – porta de entrada das religiões – nada mais é senão a preguiçosa e confortável repetição de algo que já perdeu

---

21 Boyer, idem.

sua razão de ser, um talento (processar precocemente as informações transmitidas) que virou automatismo, uma mania obsessiva, girando no vácuo[22].

Ninguém ilustrou com tanto esmero e acuidade esta peculiar natureza do poder religioso - amor à obediência, horror à dúvida; adoração do dogma, desprezo pela imaginação - como Tertuliano de Cartago, o efervescente, feroz, e (malgrado ele mesmo) delirantemente imaginativo teólogo do Norte da África. Vale lembrar que, no século II, Alexandria, Antioquia e Cartago eram tão ou mais importantes que Roma, para o cristianismo nascente[23].

Nascido na Tunísia em 150, numa família de prestígio na sociedade romana, Quintus Septimius Florens Tertullianus converteu-se tarde, por volta dos 40 anos, mas compensou os anos perdidos com sua combatividade. Foi o mais temido crítico dos dissidentes cristãos de então. Seu alvo não eram os pagãos, mas os colegas divergentes. Compôs por volta do ano 200 o mais famoso manual de detecção e combate aos heréticos, o clássico *De praescriptione haereticorum*. (*Prescrições contra os heréticos*) que inaugurou uma nova arte de argumentar, sem rodeios. Sua verve e seu método fizeram escola, atravessando o tempo, as rixas dos inúmeros Concílios, o Cisma entre Roma e Bizâncio e resistindo inclusive à sua própria excomunhão, pois Tertuliano foi punido no fim da vida por ser mais realista que o rei. Sua obra tem um aroma inconfundível, mescla de ironias, truísmos, dogmatismos, e veemência invejável. Deixou inúmeros imitadores. Seu estilo pode ser entrevisto no posterior debate entre católicos romanos e bizantinos no século XIII, tentativa imperfeita de copiar o mestre:

---

22 Boyer não é o único a conectar religião e obsessão; a psicanálise, desde o mestre fundador Sigmund Freud, tradicionalmente associa a neurose obsessiva ao comportamento ritualístico religioso.

23 Fiorillo, M. *O deus exilado: breve história de uma heresia*. Rio de Janeiro, Civilização Brasileira. As citações da sequência provêm do livro.

os cristãos do ocidente tachavam os orientais de "fezes das fezes, indignos da luz do sol", enquanto os orientais chamavam seus irmãos do ocidente de "filhos das trevas", alusão ao fato de o sol nunca nascer por lá.

Campeão das tautologias, uma de suas tiradas mais famosas é a de que tudo aquilo que estiver em conformidade com a Igreja é verdadeiro porque não poderia ser de outro modo; consequentemente, tudo que não vem da Igreja só pode ser falsificação. Tertuliano cimentava seu amor às certezas por meio de contrassensos. O melhor deles é sua frase mais famosa, "creio, porque absurdo", argumento tão misteriosamente dogmático que se torna irrespondível. Diante dele, nem dá para começar o debate.

Os filósofos helenísticos são um dos alvos prediletos da cólera de Tertuliano. Seu anti-intelectualismo é daqueles nascidos de um passado de vida intelectualizada; portanto, como costuma acontecer com acertos de contas autoinfligidos, é especialmente virulento. Seu elogio do obscurantismo vem das vísceras: "O que Atenas tem a ver com Jerusalém, a Academia [platônica] com a Igreja, os heréticos com os cristãos? Nosso ensinamento provém do Pórtico de Salomão, que ensinou pessoalmente que os homens devem buscar Deus na simplicidade de seus corações". Filósofos e cristãos de outros grupos o repugnam porque caem na tentação da curiosidade e da imaginação. A presunção de conhecer, para Tertuliano, era mais que leviandade, era um insulto de lesa-majestade à verdadeira fé, que, para ser saudável, deveria alimentar-se da pobreza de espírito.

"Fora com todas as tentativas de se produzir um cristianismo misto de composição estoica, platônica ou dialética. Não queremos nenhuma disputa curiosa depois de possuirmos Jesus Cristo, nenhum tipo de indagação após desfrutarmos do evangelho. Com a nossa fé, não desejamos outra crença", escreveu. O combate travado por Tertuliano, porém, não é só contra os heréticos; é contra toda e qualquer iniciativa de colocar o cérebro (adversário da

alma) para funcionar. Tertuliano queria extirpar da mente o que ascetas como Santo Antão extraiam do corpo, isto é, mortificá-la e deixá-la à míngua. Um bom cristão deveria se abster de qualquer de exercício mental. Pensar é poluir a alma.

No frenesi de afastar o perigo do pensamento, nem os evangelhos são poupados. Até trechos canônicos ficam sob suspeição, pois, se matutados com muita frequência, podem desencaminhar o devoto. Ao tradicional "busca, e acharás", ele contrapõe um "fora com aquele que busca onde jamais encontrará"! A vigilância não deve ceder nem diante de passagens da Bíblia, pois se estas forem passíveis de ambiguidades, isto é, de interpretação, com certeza envenenarão o espírito. Como quase tudo que se lê pode ser interpretado, até mesmo as mais inofensivas passagens são banidas. "Bate à porta e encontrarás"? Nada disso, diz Tertuliano: *"Fora com aquele que está sempre batendo, pois jamais lhe será aberto, já que ele bate onde não há ninguém para abrir"*. "Peça, e será atendido"? Nem pensar: "Fora com aquele que está sempre pedindo, pois jamais será ouvido, já que pede a quem não ouve".

Pedir, perguntar ou esperar são uma quebra de decoro. Perguntar é o mais nefasto, pois sugere que há alguma dúvida no ar, algo a esclarecer, e dúvidas são a rota inequívoca para a perdição. Para que perguntar, se basta aceitar? "Indícios de uma disciplina mais rigorosa entre nós são uma comprovação adicional da verdade". A dúvida pavimenta o caminho do inferno; a disciplina, a estrada para o Paraíso.

Se perguntar é indecoroso, inventar é uma abominação. A grande diversidade interna dos grupos cristãos de sua época é ridicularizada por Tertuliano, que descreve seus opositores como arquitetos de cosmologias malucas (dada a liberdade com que cada grupo interpretava a mensagem cristã), nas quais os céus se sucederiam *"como aposento empilhado sobre aposento, cada um designando a um deus por tantas escadarias quantas são as heresias: eis o universo transformado em quartos de aluguel!"*. A imagem do universo como uma pilha de quartos de aluguel, além de sensacional (Tertuliano detestava a imaginação de seus adversários, mas não podia evitar a própria), é bastante pertinente. Os aposentos estão empilhados; isto indica que devem ser do mesmo tamanho ou de tamanho aproximado, e que oferecem igual comodidade; não há suíte imperial ou cobertura VIP, nenhum privilégio. Mais: nenhum dos moradores é proprietário, pois os quartos são alugados, e, se o hóspede estiver insatisfeito, basta se mudar. Este é um edifício anárquico, não aquilo que ele, Tertuliano, quer para a Casa do Senhor.

"Cada um deles" – diz de seus adversários cristãos – "como lhe aprouver o temperamento, muda as tradições que recebeu, assim como aquele que as transmitiu também as mudara ao moldá-las de acordo com o próprio arbítrio". A mania de polemizar o atordoa. E o assusta esta contínua reinvenção da tradição, que deveria ser intocável. Tertuliano enumera os principais defeitos dos cristãos que não são de seu grupo: a plasticidade de ideias, o desprezo pela hierarquia; a clara preferência por cargos rotativos; a ausência de distinção entre clero e leigo; o tratamento igualitário dispensado a mulheres e homens, ou a veteranos e neófitos.

Estas características, diz, só podem levar à ruína:

> "Suas ordenações são negligentemente dispensadas, cheias de caprichos e mutáveis; num momento são os noviços que exercem as funções, noutro, são pessoas com empregos seculares... em lugar algum a promoção é mais fácil que entre os rebeldes... de modo que, hoje, um homem é bispo, e amanhã serão outros; aquele que hoje é diácono amanhã lerá as escrituras; quem for padre hoje será leigo amanhã, pois até sobre os leigos eles impõem as funções do sacerdócio".

E continua, em defesa da verdade única:

> "Não fica claro quem é catecúmeno e quem já se inclui entre os fiéis; todos são igualmente admitidos, todos ouvem igualmente, todos oram

igualmente... compartilham o beijo da paz com todos que vierem, pois não se importam como cada um concebe os tópicos da fé, já que estão reunidos para investirem contra a cidadela daquela que é a única verdade".

Na horda que acusa de herege, noviços oficiam como padres, padres agem como se fossem noviços; qualquer um pode ser bispo, nem que seja por um dia; todos participam do serviço e podem se encarregar do sermão do dia; padres e leigos se equivalem, e em nenhum lugar é tão fácil ser promovido, isto é, ser aceito em condições de igualdade. Tamanha insubordinação, tamanha "humanidade", parece a Tertuliano uma degeneração no mais alto grau. "Como é frívolo, mundano, como é meramente humano, sem seriedade, sem autoridade, sem disciplina, como bem convém à fé deles!". De todas as subversões, a que mais o horroriza é a emancipação das mulheres. Misógino até mesmo para os padrões patriarcais da época, Tertuliano chamava o sexo feminino de "portal do diabo"[24].

Marcion e Marcos, dois de seus concorrentes cristãos, haviam ordenado várias mulheres como padres e bispos, e o representante da seita dos cristãos gnósticos em Roma era uma mulher, Marcelina. Esta permissividade enfureceu Tertuliano. Mulheres, não contentes com a desordem que sua ancestral havia provocado no paraíso, continuavam a tumultuar a ordem terrena: *"Essas mulheres hereges, como são atrevidas! Carecem de modéstia e têm a ousadia de ensinar, discutir, exorcizar, curar e, talvez, até de batizar"! Elas fariam melhor se abandonassem joias e ornamentos e, "conforme a lei de São Paulo, se cobrissem com véus"*. Mas, justiça seja feita, Tertuliano também não foi muito liberal com o sexo forte: o ato de barbear-se, para ele, era ímpio, pois seria um desacato ao Criador tentar melhorar o rosto concedido por Sua vontade. O Talibã teve um douto predecessor.

---

24 Fiorillo, Marilia, "O Deus Exilado", idem.

Tertuliano foi um autor prolífico, além de veemente – trinta e uma de suas obras sobreviveram. Escreveu sobre tudo que valia a pena, a monogamia, a virgindade, a pudicícia, a paciência e o paraíso. Sobre a diversão pública, o fervoroso africano avisava: *"Tu que gostas de espetáculos, aguarda o maior de todos, o Juízo Final"*. Sua missão é desqualificar seus concorrentes, mas isso não lhe tira o senso de humor. Quando os cristãos foram acusados do crime de não cultuar o imperador, ele respondeu que a acusação era esdrúxula: os cristãos não precisavam cultuar o imperador, pois já rezavam por ele.

Após anos de vigorosa militância na frente ortodoxa, por volta de 207 ele rompeu com os católicos e tornou-se um dos líderes do montanismo, um movimento apocalíptico da Ásia Menor. A adesão a uma heresia era o que menos se esperava do incansável caçador de heréticos. Mas a fronteira entre heresia e ortodoxia, como ele infelizmente pôde comprovar, é questão de quem fica para contar a história. No final da vida, o patrono do dogma voltou-se contra seu regimento. Tertuliano morreu combatendo os católicos, que havia defendido com garra a vida toda, acusando-os de ser a "Igreja de alguns poucos bispos", estreita demais para "pessoas espirituais", aqueles imaginativos como ele sempre o fora.

SIMETRIA TORTA

Religiões são a melhor prova de que assimetrias estão na base, na vértebra, e inclusive na obrigatória superfície do que se chama civilização. Desde que o mundo é mundo, não houve civilização sem religião – como não existiu sociedade sem poder, ou ao menos um ensaio deste. E se excetuarmos os cultos greco-romanos, aquela luminosa religião de deuses beberrões, farristas, ciumentos, encrenqueiros, mas também superlativamente generosos – o Olimpo totalmente simétrico ao nosso andar de baixo, espelhando o melhor de nossos vícios e virtudes –, batizada depois de *paganismo*, a história das religiões é a da vitória irrefutável, embora nem sempre inefável, das assimetrias. Vitória política, lógica, antropológica.

Antropológica: em qualquer delas, dos cultos de Vanuatu (na Melanésia), aos encorpados monoteísmos ou da dança para chamar chuva aos *Diktats* do Vaticano, a religião só funciona porque há uma radical assimetria entre aquele que pede e O que concede. Bobagem dizer que umas são superstições primitivas e as outras uma sublime busca de transcendência. São, todas, um convincente sistema de troca entre desiguais. Na batida do tambor ou na prece, no chocalho ou na vela, no talismã ou na elaborada liturgia de uma missa, é o pensamento mágico que está em ação, e para operar um conveniente comércio de dessemelhantes. Entre uma potência suprema e inescrutável em uma ponta e nós, suplicantes, na outra.

Religião é a reposição contínua e continuada da heteronomia. Por isso que as religiões são o oposto do ideal clássico da filosofia, o da busca de *autárkeia*[25], a tal autonomia com que nos acenava Sócrates quando sugeria que ouvíssemos o *daimon* interior, sem dar bola para a divindade da vez. Sócrates foi condenado a beber cicuta pelo crime de impiedade, por exortar a juventude a seguir os conselhos ditados pela voz interior (a virtude), nem sempre condizentes com os ditames dos deuses, e administradores, da pólis.

O *toc-toc* na madeira para afugentar o azar é um gesto insofismavelmente religioso, tanto quanto a reza ou o mantra. Já que não batemos na madeira para tomar uma providência prática (do modo como batemos em um prego para pregar um quadro), o ato é simbólico, a convocação de alguém, ou algo, para que resolva nossos problemas, fazendo nosso papel. Contrição, adoração ou súplica são ritos contratuais, e um contrato mais hobbesiano que rousseauista (contrato celebrado não entre nós, mas pelo qual cedemos tudo ao Leviatã).

25 Em Aristóteles, o homem feliz é o homem livre que participa da vida da cidade.

Nesta curiosa operação de troca de agrados, pareceria que levamos vantagem, pois, em geral, pedimos o impossível ou, no mínimo, o improvável em troca de coisinhas pequenas como uma novena ou uma promessa. A sobrecarga e a labuta ficam a cargo do Onipotente; os dividendos, com o pedinte. Ilusão: nesta troca assimétrica, entre seres abissalmente assimétricos, o resultado é que nos tornamos reféns crônicos. O descompasso se aprofundou.

Lógica: Não bastasse esta assimetria de princípio entre o Todo Poderoso e o que só pode pedir, a contabilidade espiritual das religiões tem também um venerável fundamento lógico. As mais famosas provas da existência de Deus, a ontológica e a cosmológica, ou do design inteligente, põem por terra qualquer veleidade de reduzirmos esta distância, esta polar assimetria. A prova do design, ou criacionismo, hoje em voga entre a direita inimiga de Darwin, postula que só mesmo um Ser perfeito para construir um universo tão bem equacionado, milimetricamente funcional, e ainda por cima explodindo de beleza no colorido das penas dos pássaros e na arquitetura das flores.

"Basta olhar pela janela!", diria o criacionista Leibniz. "Desde que o teto não tenha goteiras, e a longa contemplação não resulte num resfriado", responderia o cético Hume[26]. Já a tradicional prova ontológica da existência de Deus, inventada por Santo Anselmo, era mais simples e direta. Se Deus é perfeito, onisciente, onipresente e onipotente, se ele condensa tudo que houve, há e está por vir, então, já que possui todos os atributos, é claro que não lhe pode faltar... o elementar atributo da existência. Pascal foi menos rocambolesco e mais pragmático, e sua explicação desvela outra forma de assimetria, entre aquele que não tem nada a perder e nós, que arriscamos tudo se não fizermos a aposta certa.

26 Hume, D. *Dialogues concerning natural religion*. London: Dover Philosophical Classics, 2006.

Chama-se, aliás, a "aposta de Pascal", e enuncia quatro possibilidades e suas combinatórias. Ou Deus existe ou não; ou cremos nele, ou não. Se ele não existe e não cremos, sem problemas. Se não existe e cremos, perda de tempo, mas sem maiores consequências. Se existe e acreditamos, sorte nossa, mas se existe e não cremos, o fogo do inferno. Na dúvida, pois, melhor acreditar.

Houve quem, como Epicuro, fez a pergunta óbvia: se Ele é bom e potente, de onde vem o mal? Pois o mal – guerra, sofrimento, doenças, injustiça – é inegável. Sua hipótese (e por isso Epicuro é filósofo, não teólogo), é que ou Deus é mesmo bom, mas não pode muito. Ou pode tudo, mas não é assim tão bem-intencionado.

Sigmund Freud, o pai da psicanálise que ganhou o prêmio Goethe de Literatura, tratou da assimetria inerente às religiões em ao menos três ensaios: *Totem e tabu*, em que escrutina o judaísmo (suas raízes), *O futuro de uma ilusão,* no qual passa em revista o cristianismo (a sociedade de seu tempo e ambiente), e *O mal-estar da civilização*, texto que poderia ter sido concebido no século XXI, tal sua atualidade[27]. A conclusão é a mesma: a religião *foi* indispensável para a construção do edifício civilizatório, seja com seus ritos (para aplacar nossas angústias) ou proibições (para manter nossas sociedades coesas, para evitar que nos canibalizássemos), mas *deve*, se o mundo seguir um curso melhor, ser substituída pela educação.

Para ele, a religião nasce de uma assimetria psíquica arcaica, entre pai e filho, entre o detentor da lei e aquele que deve ser domesticado e domado, entre o superego judicioso e um inconsciente caótico e selvagem. Freud não tinha ilusões sobre a maioria dos homens: a comunidade humana é assimétrica, sim, e uma maioria precisou ser refreada por mandamentos altamente coercitivos (leia-se, religiões) senão a civilização naufragaria em um minuto. Mas Freud tinha também suas esperanças, a de que

---

27 Freud, S. *Obras completas*, Editorial Biblioteca Nueva, 1981.

chegasse um tempo em que os homens, todos devidamente educados (isto é, autorreprimidos), pudessem dispensar a superstição (a dependência da tal assimetria externa, que, pelo medo, coíbe a selvageria), e passassem a pautar sua ação pela regra moral, pela simples satisfação em fazer o bem, e não pelo medo da punição.

A psicanálise não incensa Deus, mas aceita que religiões fizeram mais que narcotizar, foram mais que o "ópio do povo". Os monoteísmos, com sua definitiva polarização entre o Protagonista do cosmos e nós, meros coadjuvantes, teria sido um avanço sobre os mais irrequietos e anárquicos politeísmo e panteísmo, nos quais a assimetria se dilui e praticamente desaparece na identificação entre natureza e Criador, gerando uma perigosa simetria entre pedra e flor, homem e bicho, uma arriscada insinuação de que de tudo emana um mesmo *élan* divino, uma divindade distribuída com equidade, portanto bastante perdulária.

Esta teria sido a grande aquisição levada a cabo pelos monoteísmos contra as simplórias e mais doces religiões que os precederam: a destruição da religiosidade de cunho individualista, seja a do animista, a do crente livre-atirador ou a do místico ensimesmado.

Mas a assimetria final, a "política", é a que se consumou com o expurgo dos poetas de Deus pelos burocratas da fé. É a histórica perseguição, em todos os credos, contra os místicos, dissidentes, crentes livre-pensadores. Foi com a vitória política das Igrejas entronizadas que se consolidou a mais mundana das assimetrias religiosas, a dos cargos, das funções, dos papéis, e, sobretudo, das benesses (materiais). Foi só com a consolidação da religião como instituição que se abriu espaço para a Inquisição, o *Index Librorum Prohibitorum*, a Jihad, o extremismo tele-evangelista, enfim, para que os fundamentalismos de todos os matizes pudessem prosperar. Aqui, a assimetria atingiu sua culminância, tornando-se, paradoxalmente, seu contrário. Virou uma simetria torta: a luta de todos contra todos, a guerra santa em nome do Um maiúsculo que, olhando de perto, é o mesmo.

6. A INSUBMISSÃO DO REAL

Uma realidade totalmente desconhecida há alguns anos, total incógnita até o momento, pede certa paciência, inclusive do conceito.

Aviso ao leitor educado: o real daqui, em minúsculas, não é a majestosa confluência com o Racional, a quimera hegeliana do último *vibrato* na ópera agonística da marcha do mundo. Não é grandioso, soberbo ou escatológico. É tão somente cruel. De uma crueldade da dimensão dos fatos. Fatos? Há quem, à menção deles, levante as sobrancelhas. No mundo das ideias, fatos são uma falsificação. Não há fatos nus, ingenuidade das ingenuidades. São aparência, mera crença, delírio de uma *doxa* obstinada, ou *pistis* teimosa. Desprezíveis e menosprezados, dizem que fatos não passam da máscara da máscara da máscara da Real Ideia. Aderir a ele – assim, como matéria-prima para matutar – seria compactuar com um reles grau do conhecimento, só um pouquinho melhor que querer entender a vida pela arte.

1.

Pode ser. Mas às vezes este atordoante e comezinho real se impõe com tamanha violência, tal tempestade, que torna terra arrasada – para platônicos ou pós – as costumeiras, rebuscadas e deliciosas digressões. Como argumentar com um *tsunami*? É o caso da pandemia do coronavirus, para alguns mui respeitáveis pensadores.

Uma realidade totalmente desconhecida há pouco tempo, e ainda cheia de interrogações, pede certa paciência, inclusive do conceito. Seria injusto, porque prematuro, esperar explicações razoáveis (de epidemiologistas, sanitaristas ou doutores no *trivium*) já e já. Isto é, pedir que elucidem algum arrazoado que atenda não só à hermenêutica mas, sobretudo, às aflições dolorosamente reais daqueles que padecem. Qualquer hipótese em curso (de cura ou colapso) precisará, agora, para não fermentar o anti-intelectualismo reinante, aferrar-se ao tal real. À intransponível realidade do sofrimento, da dor, da crueldade, do dilema moral a que estão submetidos os que decidem sobre vidas. À tangível existência de indivíduos, corpos, cada corpo.

Pior, para a turma do *trivium*: não há evasivas. Não há, também, um *eu* que seja o centro de gravidade da narrativa (*eu classe, eu gênero, eu estamento*), nem a possibilidade de invocar a narrativa como escapatória da angústia.

O nós – a descrição, límpida, universal, da dor indiscriminada – finalmente triunfou, pelo pior dos motivos. Se impôs, e não foi pela desejada disseminação da tolerância (palavrinha muito condescendente), muito menos pela explosão da empatia (palavrinha que tem sido muito abusada e mal-empregada). O vírus é democrático, pois seu terror se abate sobre todos – claro, como em toda democracia, uns se saem melhor, outros sucumbem.

Ironicamente, quem sabe ele, e o medo dele, vão provavelmente nos levar à criação de uma "comunidade de confiança", por mais paradoxal e excêntrico que pareça. Como diz Richard Rorty em um breve ensaio sobre justiça como lealdade ampliada, sentimento e não imperativo categórico (*Pragmatismo e política*, Martins), "o que Kant descreveria como resultado do conflito entre obrigação moral e sentimento, ou entre razão e sentimento, é, em uma explicação não kantiana, um conflito entre um conjunto de lealdades e outro conjunto de lealdades. A ideia de uma obrigação moral universal de respeito à dignidade humana é substituída pela ideia de lealdade para com um grupo mais amplo – a espécie humana (…e mesmo) de lealdade para com todos aqueles que, como nós, podem experienciar a dor".

Se dilemas morais não são conflitos entre o dever e o querer, mas entre querer para a gente, um pequeno grupo, ou um grupo maior, a briga entre os *eus* alternativos vai perder fogo (a família, o clã, os vizinhos versus os estrangeiros, os estranhos). Data vênia aos otimistas, surgiu algo comum, e todos comungam no "não ter nada a perder", antes apanágio de uma classe.

É o terror da morte que vai botar em uníssono o "nós", não a boa vontade. Recapitulando Rorty, não são os princípios abstratos que moldam a justiça, mas alguma circunstância em que as "lealdades paroquiais" se expandem, e os problemas de certas pessoas (as próximas) se igualam aos de (quase) todas. No caso da pandemia, o dilema deu um piparote: deixou de ser o clássico guardar comida para a própria família em tempos de escassez, em vez de dividi-la com moradores de rua, e tornou-se o mantra de todos com todos: encontrar a vacina, ou o remédio, para a tribo do planeta.

O medo, não a compaixão, extinguiu o duvidoso choque de civilizações (*burka* ou *shorts*, dá na mesma), a refrega entre direitos de minorias ou direitos humanos, atinge ricos e pobres, precariado e burguesia, garotos e idosos, como você queira chamar.

O medo, quem diria, é o vetor do único bem comum em emergência, a remota possibilidade da lealdade ampliada.

2.

Cabe aos filósofos, claro, desembaraçar-se da tosca empiria e projetar voos de maior alcance no tempo e maior consistência na amplitude. Muitos deles têm se dedicado a discutir a pandemia da perspectiva da perda de liberdades individuais, do controle, da vigilância, do pretexto de que necessitava o Estado de Exceção para se regalar de vez.

Tomemos o caso do filósofo italiano Giorgio Agamben e do artigo publicado um pouco antes de a Itália tornar-se o epicentro da vez do coronavírus, situação só mitigada quando se decretou o *lockdown*, o confinamento inflexível. Agamben, autor de *Homo Sacer* (UFMG) e *Estado de Exceção* (Boitempo) é, inegavelmente, um filósofo que merece o título, ao criar conceitos potentes, originais, plugados no mundo contemporâneo – ao contrário de muitos de seus pares que se esmeram em novas nomenclaturas, tão mais impenetráveis quanto triviais.

GIORGIO AGAMBEN

Para uma rápida introdução às ideias de Agamben. O *Homo sacer* (*Homo Sacer. Poder soberano e vida nua,* 1998) é inspirado em uma figura do direito romano, daquele que cometeu certo crime não previsto na lei, mas pelo qual tem revogada sua condição de "cidadão"; assim, por estar fora da jurisdição da lei, não pode ser punido; entretanto, como também não está protegido por ela, pode ser assassinado a bel prazer por qualquer um e a qualquer momento sem que o assassinato configure um crime, (já que o *sacer* está além e aquém de dispositivos legais.)

Assim, por estar desalojado de seus direitos civis, fica automaticamente despojado de seus direitos humanos básicos. O conceito é luminoso, pois corresponde em minúcia à anatomia do refugiado contemporâneo, tema por excelência do século XXI, e que ressurgirá como um dos mais aterradores efeitos colaterais da pandemia. O morador dos campos de refugiados é aquele que foi empurrado, de vez, para a situação de "fora da lei".

Só possui a vida nua (*zoé*), o corpo. Os prisioneiros de Guantánamo, detidos sem acusação formal, eram privados de seus direitos humanos exatamente por terem sido despidos de sua condição de cidadãos, já que tratava-se de "prisioneiros inimigos-combatentes", não de prisioneiros de guerra, como definido pelas convenções de Genebra. Só lhes restava resistir com a vida nua, a greve de fome. Nesta medida, o *sacer* é o oposto especular do *Basileus*, ou soberano, que, por encarnar a lei em sua pessoa, pode suspendê-la ou alterá-la.

O soberano também é um "fora da lei", mas vantajosamente, pois paira acima dela. O *Führer* é o soberano que opera à margem da lei, mas do interior dela, como se ela emanasse de sua pessoa. Entre suas prerrogativas está a de decretar o Estado de exceção, no qual (e aqui está o umbigo do conceito) a lei não precisa ser revogada, mas apenas suspensa por tempo indefinido.

Para Agamben, é assim que agem a maioria das ditas democracias ocidentais. Vide o *Ato Patriótico* de Rumsfeld/Bush, que legalizava a tortura, ao redefini-la como vale-tudo, desde que não atingisse, irreversivelmente, algum órgão vital. Agamben inspirou-se no trabalho do ideólogo e jurisconsulto do nazismo (depois escanteado) Carl Schmitt, conselheiro de Hermann Göring. A vida sob o Estado de Exceção está incluída no ordenamento jurídico pelo avesso: por sua condição de excepcionalidade, de ameaça, velada ou não, de exclusão de direitos.

A aniquilação destes direitos civis e humanos, para Agamben, é algo que se tornou corriqueiro no mundo contemporâneo: campos de concentração (os Uighurs na China), centros de detenção de imigrantes (Líbia, Grécia e outros), campos de refugiados, a perder de vista.

3.

Em 26 de fevereiro de 2020, Agamben publicou

> "*Lo stato d'eccezione provocato da un'emergenza immotivata: Coronavirus. La paura dell'epidemia offre sfogo al panico, e in nome della sicurezza si accettano misure che limitano gravemente la libertà giustificando lo stato d'eccezioneeste*"

("O Estado de exceção provocado por uma emergência imotivada: o coronavírus. O medo da epidemia oferece um escape ao pânico, e em nome da segurança, são aceitas medidas que restringem gravemente a liberdade, justificando o Estado de exceção").

O texto saiu no jornal *Il Manifesto* (o paciente número um da Itália havia sido internado dia 19, ainda sem diagnóstico preciso). Eis alguns trechos:

"Frente às frenéticas, irracionais e completamente imotivadas medidas de emergência visando uma suposta epidemia devido ao vírus corona, vamos partir da declaração oficial do *Consiglio Nazionale delle Ricerche* (CNS), segundo a qual 'não há epidemia de Sars-CoV2 na Itália'. Mais: a infecção, pelos dados epidemiológicos hoje disponíveis sobre dezenas de milhares de casos, causa sintomas leves/moderados (uma espécie de gripe) em 80/90% dos casos. Em 10/15%, pode evoluir para uma pneumonia, cuja evolução é, porém, benigna em sua maioria absoluta. Calcula-se que apenas 4% dos pacientes venham a necessitar de terapia intensiva. Se esta é a situação real, por que a mídia e as autoridades se dedicam a disseminar clima de pânico? (...) Dois fatores podem concorrer para explicar um comportamento tão exagerado. Antes de mais nada, manifesta-se novamente a crescente tendência de usar o Estado de exceção como paradigma normal de governo. O decreto-lei rapidamente aprovado pelo governo 'por motivos de higiene e segurança pública' implica, de fato, em uma verdadeira militarização dos municípios e das áreas em que há ao menos uma pessoa para a qual não se conhece a fonte de transmissão (...). Se diria que, exaurido o terrorismo como motivação de medidas de exceção, a invenção de uma epidemia ofereceria o álibi ideal para ampliá-las além de qualquer limite".

Para Agamben, pois, eram "frenéticas, irracionais e totalmente desmotivadas" as medidas que "provocariam um verdadeiro e próprio Estado de exceção". Sua pergunta central: o que é uma sociedade que não tem outro valor senão a sobrevivência?

Epidemia inventada, álibi para fincar de vez o Estado de exceção, normalização da emergência. Agamben *dixit*. A sobrevivência pode não ser o mais sublime dos ideais da sociedade, mas, convenhamos, é a maiúscula condição real para todos eles.

O também filósofo francês Jean-Luc Nancy, respondeu com o sarcástico artigo *Exceção Viral*. Concordando com o alerta de Agamben de que os governos sempre buscam pretextos para esticar Estados de exceção, lembrou, porém, que a diferença de letalidade entre uma simples gripe e a covid é enorme. "Há uma espécie de exceção viral – biológica, informática, cultural – que nos pandemiza. Os governos não são senão tristes executores dela e desforrar neles é mais uma manobra diversionista do que uma reflexão política". E finalizou: "Giorgio é um velho amigo. Há quase 30 anos os médicos julgaram que eu deveria fazer um transplante de coração. Giorgio foi dos poucos que me disse para não escutá-los. Se eu tivesse seguido seu conselho, provavelmente estaria morto".

Pois é. O real não se submeteu aos refinados, precisos, originais, dignos de todo encômio, conceitos de Agamben, desajeitadamente alocados.

EPÍLOGO

O MAL É UMA COISINHA ORDINÁRIA

Como disse Hannah Arendt[28], o Mal não possui nem profundidade, nem qualquer dimensão demoníaca. Pode crescer demais e destruir o mundo inteiro justamente por se espalhar como um fungo por sua superfície, graças a nosso descaso e indiferença.

A comparação do Mal com um fungo, tão irrisório, tão mixuruca, tão despercebido, é um modo de dizer que os maiores perigos para a humanidade não possuem aquela dimensão sinfônica e grandiloquente – a dimensão da frase "O horror, o horror", dita pelo coronel Kurtz, a epítome do Mal no livro *O Coração das Trevas*, de Joseph Conrad, que inspirou o filme *Apocalypse Now*.

O Mal, como fungos, vírus e mofo, é uma coisinha ordinária. Mas se espalha insidiosamente, e ninguém costuma notá-lo no começo, quando parece uma miudeza fácil de descartar, trivial, mesmo pueril. Não há, nem nunca houve, qualquer grandiosidade satânica nas atrocidades promovidas por Bashar al-Assad, Vladimir Putin, o Talibã, o Daesh, ou o grupo mercenário pró-russo Wagner na Ucrânia, mas apenas a marca vulgar do criminoso, a delinquência alçada, pela batuta da história, à missão maiúscula que (com Hitler e Stalin, por exemplo) pode empolgar multidões.

---

28 Em carta ao amigo e filósofo Gershom Scholem, 1964.

Ao analisar o julgamento de Eichmann em Jerusalém, para uma reportagem da New Yorker que lhe rendeu o rancor e ataques da comunidade judaica (por não ter ocultado o colaboracionismo judeu nos *Judenräte*, os conselhos judaicos), Arendt concluiu que Eichmann, o burocrata organizador dos trens da morte, o contabilista da Solução Final, não passava de um sujeitinho *banal*, vulgar, pouco inteligente e muito cioso de sua função burocrática. Ao ser indagado sobre seus crimes, ele alegou que apenas "cumpria o dever", à moda do imperativo categórico de Immanuel Kant. Inicialmente, Arendt era contra a pena de morte, mas após presenciar as sessões concluiu que a pena capital era acertada, dada a *amoralidade* de Eichmann, que o excluía, por princípio, da própria comunidade humana. Não era um psicopata, era menos e pior: uma abominação *desumana*, portanto privada dos direitos e prerrogativas que cabiam aos homens.

A maldade, não sendo nem metafísica nem sobrenatural, depende, para sua vitória, tão somente da desatenção e negligência dos homens. Sim, Arendt alertou para seu caráter aparentemente comezinho e para a tentação, em situações-limite, de aderir. Todos podemos nos tornar cúmplices e algozes, mas o que menos se comenta na obra da filósofa judia e alemã é que também podemos dizer NÃO.

Reduzido à sua natureza reles e rastaquera, embora obscena, o Mal nos mete menos medo, e deixa de nos subjugar ou nos tornar irremediavelmente impotentes. Arendt sugere que possuímos a capacidade de compreender o mundo e os meios de agir nele. Muitos dos conceitos elaborados pela filósofa há décadas, em *As Origens do Totalitarismo*, emergem no século XXI como chaves para se decifrar o caos do mundo contemporâneo: por exemplo, o conceito de "inimigo objetivo", antes aplicado aos judeus, agora aos islâmicos e daqui a pouco a outro alvo; ou o uso generalizado da mentira como propaganda, que estamos cansados de ver; ou a atomização do indivíduo, melhor, sua dissolução em uma massa amorfa. A vita activa, a participação e refundação do espaço público, a política como diálogo, o mais alto patamar da condição humana, tais valores, se fossem hoje submetidos a uma enquete digital popular, provavelmente estariam na rabeira, no último lugar.

"A história é um pesadelo do qual quero despertar", escreveu certa vez James Joyce. Vamos chamar um poeta para contradizê-lo. Não, não é Bertolt Brecht, sempre convocado quando se quer falar de poesia e política – e ironia.

Vamos chamar o norte-americano William Carlos Williams, que também era médico e devia conhecer de perto o quanto a vida nos reserva truques e boas surpresas. O poema é assim:

"Ao pular sobre o tampo do armário de conservas
o gato pôs cuidadosamente
primeiro a pata direita da frente
depois a de trás...
dentro do vaso de flores vazio."

O vaso vazio está à nossa espera. Em sua singeleza paradoxal (como os provérbios budistas) esse poema pode ser dedicado aos "Capacetes Brancos", aqueles cidadãos que se engajaram na defesa civil na Síria contra as armas químicas de Assad e Putin e resgatando pessoas dos escombros, ou aos improvisados combatentes ucranianos, ou às mulheres afegãs, a todos, enfim, que mantêm sua humanidade (e enxergam que dentro dos trens da morte há gente milimetricamente igual a eles) e resistem.

O Mal é banal, sedutor, fácil, e captura mesmo os relutantes. Mas não é inelutável.

A ensaísta Susan Sontag certa vez escreveu: "No centro de nossa vida moral e de nossa imaginação moral estão os grandes modelos de resistência, as grandes histórias daqueles que disseram Não".

Essa epígrafe foi escolhida pelo jornalista Eyal Press, colaborador de New York Review of Books, The Nation e New Yorker, para abrir seu livro *Beautiful souls* (vamos improvisar a tradução "Gente bacana"), de 2012, em que pesquisou e descreveu quatro histórias de pessoas que, quebrando regras, foram capazes de levantar a voz e dizer não, recusando-se a pactuar com iniquidades. Uma delas é a do policial suíço que, em 1938, na fronteira da Áustria, desobedeceu a orientação de barrar a entrada de refugiados judeus, e salvou dezenas deles. Outra é a de uma bem paga corretora do mercado financeiro que perdeu o emprego ao rejeitar a negociação de um produto altamente tóxico. A terceira é a de um militar israelense de um grupo de elite que se negou a servir nos territórios ocupados durante a Segunda Intifada. Mas talvez a mais impressionante dessas histórias seja aquela ocorrida na cidade de Vukovar, durante a guerra dos Balcãs, em que um sérvio bonachão e simples, usando um engenhoso expediente, salvou vidas. Designado pelas milícias sérvias para separar, em filas diferentes, quem era croata ou muçulmano (portanto fadado à execução) de quem era puro sangue sérvio, ele adulterou o sobrenome de seus vizinhos, conhecidos *e desconhecidos,* e com isso salvou da morte muita gente. Ao ser perguntado pelo historiador porque havia feito isso, respondeu "mas eu não podia ter feito diferente!" Não é instruído nem politizado, e gosta mesmo de cerveja e partidas de futebol. Não tem uma partícula que seja do chamado 'heroísmo'. Apenas agiu, diria Arendt, como um homem que reconhecia a humanidade do outro. Os vizinhos salvos lhe agradeceram? Nunca. Ainda à época do livro, lhe eram hostis.

Mas isso pouco importa.

O que pessoas tão diferentes têm em comum? Nenhuma delas temia desagradar seus iguais, nenhuma sucumbiu à pressão do grupo. Sua coragem, sugere o autor, provém do simples fato de possuírem espíritos independentes, capazes de aferir o limite em que o suposto 'dever' (ou norma, ou tendência) fere a lei maior de reconhecer a humanidade do outro. Suas ações, impopulares e mesmo perigosas, provêm de um impulso da imaginação, essa arte de colocar-se no lugar daquele que é diferente. Neles, predominou a empatia, isto é, a capacidade de se ver espelhado em alguém que não é da família, nem próximo, amigo, conterrâneo, torcedor do mesmo partido ou time. Adam Smith, na *Teoria dos Sentimentos Morais*, chamou isso de "sentimento de companheirismo", uma habilidade em derivar a compaixão da aptidão de imaginar-se na pele de alguém dessemelhante. Isso para o pior e o melhor: a empatia não é exclusivamente piedade, mas também a capacidade de se alegrar com a felicidade alheia.

Os quatro personagens do livro de Press são o oposto simétrico do criminoso nazista Eichmann, aquele homúnculo convencional, metódico, obediente, e que inspirou em Hannah Arendt a noção de banalidade do mal.

Nos casos descritos no livro *Beautiful Souls - The Courage and Conscience of Ordinary People in Extraordinary Times*, (Kindle Edition, 2013), o bem tem suas manhas, e consegue vingar contra a tendência dominante. Um ariano que salva judeus, um israelense que se nega a atacar palestinos desarmados, um sérvio que protege croatas. O senso de pertencimento desses discretos heróis é aquele sentimento alargado de companheirismo (que citamos em artigo anterior, sobre justiça como sentimento de lealdade), que se estende para abraçar todos e qualquer um.

Será que não deveríamos substituir a tão propalada noção de tolerância – pois tolerar é sempre uma condescendência, uma concessão, um favor que se faz aos estranhos – pela ideia mais generosa de empatia, ou sentimento de lealdade ampliada?

Marilia Pacheco Fiorillo é ensaísta e escritora, professora (aposentada) de 'História da Filosofia' e 'Retórica' da USP. Colunista da Rádio USP, tem vários livros publicados, de ficção e não-ficção, e inúmeros artigos nacionais e internacionais (destaque para o ensaio *The shifting map of religious proclivity in Brazil, and how the media prospect is seemingly unable to deal with it*, na coletânea "Religion on the Move", da centenária e prestigiosa editora de Humanidades Leiden-Brill). Trabalhou como jornalista na Folha de S. Paulo (Folhetim), Veja, Isto É e Isto É/Senhor. Foi agraciada com dois Prêmios Jabuti, em 1981 (Crítica e Noticiário Literário) e. em 1999 (Autora Revelação), É doutora em História Social com tese sobre a História do Cristianismo (USP) e pós-doutora em 'Teoria da argumentação e Análise do Discurso' (Pompeu Fabra University, Barcelona), com passagens pela FGV (Fundação Getúlio Vargas, SP, Administração de Empresas) e Unicamp (Epistemologia da Psicanálise).

https://www.facebook.com/GryphusEditora/

twitter.com/gryphuseditora

www.bloggryphus.blogspot.com

www.gryphus.com.br

Este livro foi diagramado utilizando a fonte Minion Pro
e impresso pela Gráfica Eskenazi, em papel off-set 90 g/m²
e a capa em papel cartão supremo 250 g/m².